Fred Haller
Die Saumatz

Fred Haller

Die Saumatz

historischer Roman
nach dem Leben von Franziska Erlmayer
aus dem niederbayerischen Simbach bei Landau

3. Auflage
© 2017
Alle Rechte vorbehalten.
Printed in Germany.
Coverbild: Josef Mayer, Landau a. d. Isar
Lektorin: Katrin Drton
ISBN 978-3-00-057576-1

Dieser historische Roman nahm seinen Ursprung in der Recherche nach Franziska Erlmayer, die am 18. August 1826 als uneheliches Kind geboren wurde. Über ihre Familienverhältnisse gaben Kirchenarchivdaten Auskunft, über ihr ruchbares Leben Gerichtsakten. Selbst die überregionale Presse des 19. Jahrhunderts wusste von ihr zu berichten. Weil sich jedoch die Spuren über ihr Leben verloren, entstand eine fiktive Geschichte über eine Frau, die mit Gottvertrauen einem harten Leben die Stirn bot.

Vorwort

Die schönsten Geschichten schreibt das Leben. Die schönsten und die schlimmsten. Dieses Buch erzählt eine solche Geschichte. Eine wahre Geschichte. Schlimm und schön. Sorgfältig recherchiert und spannend erzählt von Alfred Haller.
Fanni, die Hauptperson des Buches, ist alles andere als ein Glückskind, und ihre Geschichte alles andere als ein Glücksfall. Ungewollt und ungeliebt schlägt sie sich in den armen und armseligen Jahren des beginnenden 19. Jahrhunderts durchs Leben. Mehr schlecht als recht. Sie versucht einfach zu überleben, irgendwie. Vertraut und wird enttäuscht, vertraut sich an und wird missachtet und misshandelt. Aber gibt nie auf. Weil sie sich auf geheimnisvolle Weise behütet und beschützt weiß. Am Ende gelingt ihr der Schritt aus dem Sog, der sie ins dunkle Nichts zu ziehen versucht, und betritt, mutig und zaghaft zugleich, ein neues, weites Land, ein neues, helles Leben.
So wird ihre Geschichte zu einer Trostgeschichte, einer Mutmachgeschichte für uns heute. "Die Saumatz" ist ein Buch, das anschaulich und spannend erzählt, wie Gott auch auf den buchstäblich krummen Linien eines feindseligen Schicksals gerade Geschichten schreibt.
Die schönsten Geschichten schreibt das Leben? Die schönsten Geschichten schreibt Gott.
"Leben" ist eines seiner vielen Pseudonyme.

Jürgen Werth

Mein Leben hatte keine Bedeutung.
Habe ich je jemandem etwas bedeutet?
Mein Leben hatte keine Bedeutung, aber
ich warf es nicht weg.
Ich glaubte, dass selbst Gott meinem Leben
keine Beachtung schenken wollte, denn ich
flehte mein halbes Leben zu ihm und
wähnte ihn stumm oder tot.
Doch der Herr greift ein zur rechten Zeit!

Franziskas Kindheit stand von Anfang an unter keinem günstigen Stern. Ihren leiblichen Vater hatte sie nie kennengelernt, denn sie war ein Kind der Sünde - ein Bangert.

Ihre Mutter hatte sich in einen Wanderhandwerker, der ein paar Monate auf dem Bauernhof der Eltern arbeitete und ihr schöne Augen machte, verliebt. Mit einem Mal sah die junge Bauerstochter nicht nur Plage und Last, und nicht nur Hühnerdreck, Waschzuber und Nudelteig. Mit einem Mal war da eine lustige Stimme, ein Singen und Pfeifen an jedem Morgen, ganz egal ob die Sonne schien oder der Nieselregen aus einer dichten grauen Decke fiel. Der Bursche konnte einfach zu jeder Zeit lachen und die ganze Gesellschaft auf dem Hof mit seiner Heiterkeit anstecken.

Als der draufgängerische Wandergeselle eines Abends mit Maria allein in der Tenne war, da drückte er sie plötzlich an sich und küsste sie zärtlich auf den Hals. Sie ergab sich seinem Begehren und wenige Tage später schenkte sie sich ihm zum ersten Mal ganz und gar. Ein paarmal trafen sie sich heimlich, dann war er eines Morgens plötzlich weg. Er hatte sich ohne ein Wort aus dem Staub gemacht. Und im Jahr darauf stand Maria da, ohne Mann, aber mit einem Kind, einem Mädchen noch dazu.

Dabei hätte sie einen jungen Mann aus der Nachbarschaft haben können, der ihr vor über einem Jahr auf der Kirchweihfeier seine Zuneigung gezeigt hatte und sie nach den Sonntagsmessen interessiert musterte und ihr zuzwinkerte. Doch dieser kleingewachsene Wichtigtuer, Simon Erlmayer, war nicht der Mann ihrer Träume, deshalb hatte sie ihm die kalte Schulter gezeigt. Nun war das anders. Maria wusste sehr gut, dass sie die Aussicht auf eine bessere Partie mit dem unehelichen Kind verspielt hatte. Nun musste sie froh sein, überhaupt einen Mann zu finden, der sich mit ihr einlassen wollte.

***

Paula, eine junge Nachbarin, Schulkameradin und vielleicht so etwas wie eine Freundin, hatte Maria überredet, mit ihr zum Maitanz zu gehen. Die beiden trafen sich gelegentlich sonntags auf dem Weg zur Messe, wenn ihre Familien zur gleichen Zeit von ihren abgelegenen Höfen aufbrachen.
Paula war nicht die erste Wahl der jungen Burschen. Sie hatte ein großes Feuermal im Gesicht, das sich von der Oberlippe über die Wange bis zum Auge hinaufzog. Sie war eine fleißige und sehr freundliche junge Frau, doch ihr Makel bestimmte nun mal den ersten Eindruck, so dass sie selten mit einem Kerl ins Gespräch kam. In ihrem Alter von 23 Jahren, waren die meisten jungen Frauen bereits verheiratet und trugen dicke Kindsbäuche. Wenn nicht bald ein Bräutigam gefunden werden könne, so meinte sie, dann müsse sie als alte Jungfer allein bleiben. Der jüngere Bruder, mit dem sie sich jeden Tag über irgendeinen Schmarrn stritt, würde einmal den Hof der Eltern übernehmen und sie zum Teufel jagen. Was für Aussichten! Das aber war nicht der Grund für ihre Unzufriedenheit, sondern sie hatte einfach das Alter für eine eigene Familie. Sie war jung, sie war wild auf einen Mann und verzehrte sich danach, geliebt zu werden.
So wollte sie die Gelegenheit zum Maitanz wahrnehmen. Alleine konnte sie natürlich nicht hingehen. Alleine herumsitzen und dumm schauen, ob sich vielleicht einer nach der dritten Maß Bier

mitleidig doch bequemte, sie zum Tanz zu holen, das konnte sie nicht. Maria musste mit! Die war genauso wie sie gezeichnet. Nicht mit einem hässlichen Gesicht, sondern vielleicht noch schlimmer: mit der Schande eines unehelichen Kindes.

Als die beiden Frauen in dem Wirtshausgarten auftauchten, herrschte schon eine gute Stimmung. Die Musik spielte und junge Paare drehten sich im Dreivierteltakt zum bayerischen Ländler. Die Röcke flogen hoch und zeigten die schlanken Beine der Tänzerinnen. Es war schön anzusehen. Sie setzten sich an einen Tisch, an dem sie zwei andere bekannte Mädchen entdeckt hatten. Maria war froh, dass sie ihrer Nachbarin zugesagt hatte. Es tat gut, wieder einmal Ausgelassenheit und Frohsinn zu spüren. Wie lange schon hatte sie keine Musik mehr gehört! Das hier war das Leben! Sie kannte ja nichts außer Arbeit von früh bis spät und konnte sich nur an den Sonntagen ein wenig erholen, wenn sie nach der Stallarbeit mit der Familie zur Kirche hinüber ging.

Sie hatte bald das Gefühl, dass ihr Herz nur noch mit dem Takt der Musik schlug. Eins, zwei, drei - eins, zwei, drei - eins, zwei, drei - so wiegte sie sich hin und her, klatschte und schwatzte und es stieg ihr heiß in die Wangen, nachdem sie ein paarmal vom Bier getrunken hatte. Das Geschnatter der anderen Frauen drang allmählich nicht mehr zu ihr durch. Sie war erfüllt von der Musik und dem Rhythmus und ihr Geist wurde ein wenig schwerfällig. Sie stierte auf die muskulösen Beine der Tänzer, die sich drehten und stampften. Die haarigen Waden, die im Takt ihre Kraft, ihre Dominanz und ihren Stolz in den Tanzboden hämmerten. Konnte es etwas Schöneres geben als zu tanzen? Plötzlich war ihr die Sicht versperrt. Die Tanzrunde war noch nicht zu Ende und Maria

war irritiert. Sie blickte hoch und sah in das errötete Gesicht von Simon Erlmayer, der etwas schüchtern vor ihr stand und sie ansah. Auf Marias Gesicht erstrahlte ein breites Grinsen. Der Simon! Sie hatte ihn vorhin bei seinen Freunden sitzen sehen. Ein eifriger Tänzer schien er nicht gerade zu sein, denn bis jetzt hatte Maria an deren Tisch nur die Bierkrüge nach der Musik wippen sehen.
„Grüß dich, Maria!"
„Ja grüß dich, Simon! Gehst du auch zum Tanzen?"
„Ja freilich, aber mir hat noch kein Mädel gefallen. Magst du mit mir tanzen?"
‚*So ein Zipfel! Es wird halt nicht jedes junge Ding auf ihn stehen*', dachte sie sich, doch sie freute sich trotzdem sehr, dass er sie ansprach. Maria sprang auf, nahm aber noch einen kräftigen Schluck Bier und folgte Simon dann auf den Tanzboden.
Mit seiner linken Hand umschloss er die ihre kräftig, seine rechte legte er sehr sanft um ihre Hüfte. Mit leichtem Druck führte er sie durch das Gewusel der Paare. Unter seiner Hutkrempe bahnte sich Schweiß einen Weg über seine rechte Schläfe hinunter bis auf die Wange. Seine Hand war warm und angenehm trocken. Maria fühlte sich sehr wohl. Sie war glücklich, nicht nur zu schauen, sondern, den Tanz, der für all die jungen Paare eine Selbstverständlichkeit war, ebenso zu erleben. Sich zu drehen und sich festhalten zu lassen von einem Mann. Es ist hart für diejenigen, die nicht geholt werden, die nie geholt werden. Die immer wieder hoffen und doch enttäuscht werden. Die sich am nächsten Tag schämen und nicht mehr über den Tanz reden mögen. Und bald mögen sie nicht mehr hingehen, weil sie nur ausgelacht und ausgebleckt werden.

***

Simon Erlmayer erbarmte sich trotz des Geredes der Leute und heiratete Maria. Die jungen Eheleute stammten beide aus dem mittleren Bauernstand, deshalb konnten sie sich zusammen von ihrem Heiratsgut ein Stück Land kaufen und eine kleine Hofstelle in Oberschabing bei Simbach aufbauen. Sie arbeiteten hart für ihre neue Existenz. Ein Kind war in diesen Zeiten hinderlich, denn die Arbeitskraft der Mutter wurde von den ersten bis zu den letzten Sonnenstrahlen des Tages gebraucht. Noch vor der Frühsuppe versorgte sie den Ochsen, die Milchkuh und ließ das Kleinvieh, wie Ziegen und Hühner, aus dem Stall. Dann stand sie schnell am Herd und rührte eine Einbrennsuppe für die junge Familie. Wenn keine Feldarbeiten verrichtet werden mussten, dann bauten sie zusammen am Holzschuppen, am Hofzaun, dem Schweinekoben … und dazwischen quengelte das vernachlässigte und lästige Kind. Die ersten Jahre banden sie es mit einem Strick fest. Im Winter am Tischbein drinnen in der Stube und im Sommer am Gartenzaun. Als Fanni größer wurde, durfte sie sich frei auf dem Hof beschäftigen, doch wenn sie sich unerlaubt davonmachte, dann gab es schnell Ohrfeigen.

***

Die kleine Fanni liebte die Hühner, die mit ihnen auf dem Hof und im Haus lebten. Tagsüber scharrten sie auf dem Hof nach Würmern und zupften alles mögliche Grünzeug, wenn es aber dunkel wurde, dann stelzte eines nach dem anderen langsam ga-

ckernd über die Schwelle der Haustür und hinein in die Wohnstube, wo sie unter der Sitzbank ihre Nester eingerichtet hatten. Ein praktisches Geschäft war das: Maria konnte die Eier direkt vom Nest in die Pfanne werfen. Fanni überzeugte sich jeden Abend, ob auch wirklich alle ihre lieben Hennen unter den Bänken saßen und wünschte einer jeden eine gute Nacht.
Eines Tages hatte Fanni etwas Ungewöhnliches entdeckt und kam ganz aufgeregt angelaufen: „Mama komm schnell, eine Henne ist krank!"
„Was ist los?", entgegnete Maria.
„Die Henne! Sie mag nicht rausgehn. Es ist ja schon bald wieder Mittag und sie sitzt immer noch in ihrem Nest. Manchmal macht sie die Augen zu. Die ist bestimmt krank!"
„Ach so! Nein, Fanni. Die Henne brütet ihre Eier aus!"
„Hä?"
„Ja, sie brütet junge Singerl aus! Ich habs schon gesehen. Die Bruthenne sitzt über einem ganzen Nest voll Eier und hält sie schön warm, damit darin kleine Hühnerkinder wachsen können. Und wenn sie groß genug sind, dann picken sie selbst von innen die Eierschale auf und schlüpfen heraus. Du kennst doch die kleinen gelben Singerl!"
„Singerl!", wiederholte Fanni mit roten Bäckchen und aufgerissenen Augen.
„Ja, die sind lieb, da muss ich schnell ein neues Nesterl bauen!"
„Das pressiert nicht - das dauert noch, bis die schlüpfen!"
„Das dauert? Wie lange denn?"
„Wenn man sie in Ruhe lässt, dann dauert das genau drei Wochen", erklärte Maria.

„Drei Wochen. Aber wie lange ist denn drei Wochen?"
„Naja, den heutigen Tag kann man eh nicht zählen und morgen ist Sonntag und danach musst du nochmal drei Sonntage abwarten, dann schlüpfen die Jungen aus!"
„Das ist eine lange Zeit, gell?"
„Ach, die drei Wochen vergehen schnell, aber da wird nur was draus, wenn die Glucke ihre Ruhe hat. Die muss brav im Nest sitzenbleiben, damit die Eier warm bleiben."
Für Fanni vergingen die nächsten Tage besonders langsam. Stundenlang lag sie mit aufgestützten Ellenbogen auf dem Boden, machte sich ihre Gedanken und beobachtete die Henne.
Einmal sprang sie plötzlich auf und lief hinüber in den Schuppen. Mit einer für sie viel zu großen Schaufel bewaffnet eilte sie in den Gemüsegarten und begann in den Beeten zu graben. Sie zerkrümelte die kleine Erdscholle und stach gleich darauf nochmal in den Boden. Es dauerte nicht lange und sie hatte gefunden, wonach sie suchte: sie hielt einen schönen, sich um die kleinen Finger kringelnden Regenwurm in der Hand. Ein Leckerbissen für die Liesbeth, ihre brave Bruthenne.
Nach einigen Tagen aber verflog die Begeisterung wieder. Zwar schaute Fanni weiterhin jeden Abend nach ihr, aber drei Wochen sind für ein kleines Mädchen einfach eine ungeheuer lange Zeit und sie fand auf dem Hof natürlich noch viele andere interessante Sachen, auf die sie nicht warten musste, sondern die gerade im Jetzt passierten, und das war gut so.
Am Sonntag der dritten Woche waren noch keine Küken geschlüpft, und Fanni hatte den besagten Tag längst vergessen. Maria nahm am Abend vorsichtig ein Ei aus dem Gelege und hielt es

sich ans Ohr, dann schob sie es wieder behutsam unter die Glucke. Die freudige Überraschung gab es jedoch schon am Montagmorgen. Gleich als Maria in die Stube trat, hörte sie das leise Piepsen der kleinen Küken. Sie machte Licht und kniete sich auf den Boden, um nach den Jungen zu sehen. Aus den 11 Eiern waren 7 gelbe Flaumknäuel geschlüpft.

Für Fanni war es natürlich eine riesige Freude. Die Kleinen tapsten noch etwas tollpatschig herum und stolperten über ihre eigenen Füßchen. Fanni hob sie vorsichtig hoch und steckte ihre kleine Nase in den weichen Flaum der Tierchen.

„Biberl, Baberl, Waberl!", sang sie selig und beobachtete, wie die kleinen Küken nach ihren ersten Erkundungen der Umgebung wieder unter die schützenden Flügel der Glucke schlüpften.

***

Simon Erlmayer hatte keine Liebe für die kleine Fanni, auch wenn sie ihrer Mutter wie aus dem Gesicht geschnitten ähnelte und nichts Fremdartiges ihn hätte ärgern können. Ihre blonden glatten Haare trug sie oft in der Mitte gescheitelt und zu zwei Zöpfen gebunden, oder wie die Mutter, zu einem kleinen Nest gedreht. Am Anfang war sie ihm einfach egal, aber mit den Jahren entwickelte sich eine richtige Abneigung. Er hatte nie mit ihr gespielt, sie nie in den Arm genommen, sich nie mit ihr beschäftigt. Sie war nicht sein Kind. Sie war das Kind eines dahergelaufenen geilen Mistkerls und seiner Maria - dieser Hur. Obwohl er von Anfang an wusste, dass seine Frau nicht unschuldig in die Ehe ging, so schien dieser Stachel im Laufe der Jahre immer tiefer in sein

Fleisch zu bohren. Mit schwindender Verliebtheit wurde das Verhältnis zwischen den Eheleuten rasch kälter. Zu schnell verstummte das Lachen der Anfangszeit auf dem Erlmayerhof und die gemeinsamen Abende in der Stube wurden still und selten. Während Maria genug zu tun hatte, das Haus sauber zu halten, Wäsche zu waschen, zu flicken, zu kochen und alles, was Vieh und Boden hergaben, auch als Vorräte zu verarbeiten, werkelte Simon ebenso fleißig bis zum Schlafengehen. Das Leben der Kleinbauern war hart. An manchen Tagen waren die kurzen Dankgebete vor den Mahlzeiten die einzigen Worte, die sie miteinander sprachen. Maria litt darunter, aber sie klagte nicht. Sie war damit zufrieden, dass sie mit dem unehelichen Kind nicht hatte allein bleiben müssen und sie achtete ihren Mann und dankte für alles, was er für die Familie aufbaute.

Und das Blatt wendete sich noch einmal. Obwohl sich die Abende zum Ende des Jahres 1830 dunkel und wolkenverhangen zeigten, hellte sich die Stimmung der Eheleute wieder spürbar auf. Es war fast wie am Anfang. Simon erzählte wieder von seinem Tagwerk, fand wieder manches spaßige Wort und brachte seine Frau zum Lachen. Maria wurde dicker - sie war schwanger. Das gemeinsame Kind wuchs in ihrem Leib. Vieles auf dem kleinen Anwesen war inzwischen geschafft und wenn bald ein Stammhalter Zuwendung einfordern würde, dann würde man schon Zeit finden. Ein Freudentaumel stellte sich ein, nur nicht in der Beziehung zur Fanni. Noch strenger schimpfte der Stiefvater und noch häufiger schmerzten die Ohrfeigen in diesem Winter.

***

Im Mai 1831 holte Simon die Hebamme, da es wohl soweit sein musste. Maria, die ja bereits durch ihre erste Geburt Erfahrung hatte, spürte den richtigen Zeitpunkt und schickte ihren Mann nach Simbach, zu der Gerstlin.

Als die beiden auf dem Hof eintrafen, krümmte sich Maria schon vor Schmerzen auf ihrem Strohsack. Die Hebamme tastete mit den alten, faltigen Händen nach den Konturen des Kindes unter der gespannten Haut der Bauchkugel.

„Es muss sich noch umdrehen!", sagte sie und nickte zuversichtlich.

Insgeheim hatte sie jedoch längst den Ernst der Situation erkannt. Das Fruchtwasser war bereits abgegangen und der Muttermund hatte sich einige Zentimeter geöffnet. Da es schon die zweite Geburt war, konnte das Ganze nun ziemlich schnell gehen. Das Kind musste sich drehen, denn es lag quer zum Geburtskanal. Die nächste Wehe trieb beiden Frauen den Schweiß auf die Stirn. Die Hebamme drückte und zerrte an dem Kindskörper und Maria quälte sich unter den immer stärker werdenden Geburtswehen. Nach einer unendlich langen Stunde konnte Simon das Geschrei der Frauen und das Schluchzen des kleinen Mädchens, das vor der Tür auf dem Boden hockte, nicht mehr ertragen. Mit einer Flasche Zwetschgenbrand floh er hinüber in den Kuhstall. Nach einer weiteren Stunde hatte er die Flasche geleert, unzählige ‚Gegrüßt seist du Maria' gesprochen, gestöhnt und, so oft er vor die Tür ging und in das Singen des Windes horchte, die bald unaufhörlichen Marterschreie seiner Frau vernommen. Der Schnaps hatte ihm mächtig zugesetzt. Als er wieder zu seiner Kuh wankte, stolperte er über die eigenen Füße, stürzte und landete im Mist. Er rappelte sich auf, torkelte hinüber zur Strohscharte und setzte sich hinein. Sein Kopf war ihm schwer. Er lehnte sich zurück an die Bretterwand und schloss die Augen.

Als Simon plötzlich aus einem kurzen Schlaf hochfuhr, war es dunkel. In seinem Kopf drehte sich alles noch stärker als zuvor. Er sprang auf die Beine und tastete sich zur Stalltür. Der Wind hatte nicht abgeflaut und pfiff sein Lied weiterhin in die Finsternis, aber vom Haus war kein Laut mehr zu hören. Simon schüttelte seinen Kopf und sein Geist schien sich ein wenig zu lichten. Es war wohl überstanden. Er musste hinüber zu seinem Kind! Sein Sohn war geboren und sie hatten ihn nicht finden können, um ihm das Bündel in den Arm zu drücken. Er stakste zum Brunnen, wusch sich mit dem kalten Wasser aus dem Granitgrand den Rausch aus dem Gesicht, dann ging er zur Haustür, polterte in die Fletz und die Holztreppe hinauf zur Kammer.

Die Tür öffnete sich mit einem Knarren, das er lange Zeit nicht mehr wahrgenommen hatte. Ein paar Kerzen und das Licht eines Wachsstöckels gaben einen fahlen Schein. Die Frau, die vor ihm im Bett lag, schien ihm fremd. Ihre Gesichtsfarbe war bleich, die Augen eingefallen und sie schlief mit offenem Mund.

Ebenso seltsam und blutleer wirkte die Hebamme, die neben dem Lager stand und besorgt auf die geschundene Maria hinunterblickte. Das Kind lag nicht im Arm der Mutter, auch nicht in dem Zuber mit warmem Wasser. Es war tot.

„Was sagst du da? Es wäre ein Bub gewesen und es ist tot? Du hast es umgebracht, du Hexe!" schrie Simon, bevor er die Hebamme aus dem Haus hinaustrieb.

„Das hab ich jetzt davon, dass ich dich alte Pfuscherin hergeholt hab. Du allein bist schuld, du Matz!"

Die Hebamme wusste nicht, wie ihr geschah, doch sie fürchtete sich sehr vor dem sichtlich besoffenen Kerl. So schnell sie konnte, packte sie ihre Utensilien zum Bündel zusammen und floh hinaus in die Dunkelheit.

Simon verfolgte sie fluchend bis sie den Feldweg erreichte, dann fiel er am Hofzaun in seinem Schmerz auf die Knie und weinte.

Nach einer Weile ging er wieder hinauf zu seiner Frau. Sie lag genauso gespenstisch in ihrem Bett wie vorher und Simon bekam plötzlich Angst, dass auch sie gestorben sein könnte. Er beugte sich zu ihrem Kopf hinunter und horchte, doch in seinem Rausch konnte er weder die leisen Atemgeräusche hören, noch den Atem auf seiner Hand spüren. Er richtete sich wieder auf und ihm fiel das Kind ein. Wo war das Kind?

Er schaute sich in der Kammer um. Die Kerzenflammen ließen viele Winkel des Raumes in dunklem Schatten, deshalb konzentrierte er sich sehr, um zu sehen. Er trat hinaus auf den Gang, ging hinüber zur zweiten Kammer, die noch leer stand und für die zahlreich erhofften Kinder hergerichtet war. Hier brannte auch eine Kerze. Hier lag in ein Leinentuch gewickelt das tote Kind. Simon biss die Zähne zusammen. Die Gesichtsfarbe des kleinen Wurms war dunkel. Er war traurig, aber er hatte keine Tränen mehr. Es war tot. Simon ging hinunter in die Küche und nahm den Weihwasserkessel von der Wand. Wieder zurück in der Kindskammer, tauchte er den Finger ins Weihwasser und zeichnete ein kleines Kreuz auf die Stirn seines Sohnes. Er taufte ihn auf den Namen Josef.

Marias Leben hing an einem seidenen Faden. Zu dem gefährlichen Blutverlust kam nach einiger Zeit noch das Fieber hinzu. Eine Tante quartierte sich vorübergehend zur Pflege bei ihnen ein, aber alle Fürsorge reichte nicht, um die erschöpfte Frau wieder aufzupäppeln. Da es gar nicht besser werden wollte, holten sie endlich den Doktor. Der Mediziner konnte sich über diesen Menschenschlag nur wundern. Er musste sich immer wieder über dieselbe Dummheit ärgern und schimpfte vor sich hin. Erst, wenn der Tod bereits vor der Tür stand und anklopfte, dann waren sie bereit, ein paar Gulden für ein Menschenleben zu opfern. Die arme Frau lag wochenlang darnieder und erhielt nichts als gebrühten Kamillentee für ihre Genesung. Bevor die Tante zu Hilfe gerufen wurde, konnte keiner im Haus eine vernünftige Mahlzeit zubereiten, und als die Hilfe gekommen war, lag die Mutter schon so elend, dass sie nichts mehr essen wollte.

„Jesses, Frau!", stellte er mitleidig fest. „Du bist ja bloß noch Haut und Knochen."

Er verabreichte Maria eine Spritze, die zu allererst das Fieber senken sollte, und kramte anschließend aus seiner schwarzen Ledertasche verschiedene Arzneien heraus. Die Tante unterwies er eindrücklich, wie sie die Tabletten und die Tropfen aus einem dunklen kleinen Fläschchen verabreichen sollte.

Mit stärkender Kost und Medikamenten sollte die Wende gelingen. Aber eines versuchte der Arzt den Eheleuten einzubläuen: Wenn auch das Leben diesmal gerade noch gerettet werden könnte, von einer weiteren Schwangerschaft sei unbedingt abzusehen. Maria wäre zwar weiterhin fruchtbar, aber das Risiko viel zu hoch, bei einer nächsten Geburt umzukommen. Für Simon war die Warnung des strengen Arztes wie ein Schlag ins Gesicht. Der Gedanke, keinen Stammhalter, kein einziges eigenes Kind zu haben, war für ihn unerträglich.

Die Wöchnerin erholte sich, wenn auch sehr langsam, und es schien alle Lebensfreude aus ihr gewichen. Zwischen den Eheleuten wollte sich nur noch wenig Zuneigung einstellen. Für die Bangertdirn Fanni hatte der Stiefvater nun noch weniger übrig. Wie gern hätte er ihr Leben gegen das seines Sohnes eintauschen wollen. Einen ‚unnützen Teufel' schimpfte er sie boshaft und Watschen gab es zu jeder Gelegenheit. Fanni ging ihm aus dem Weg, wo immer sie konnte, und hing der Mutter am Rockzipfel, die ihr all ihre Liebe zukommen ließ.

***

„Du musst das selber lernen! Schau, ich zeig dir's einmal ganz langsam. Zuerst musst du die Haare durchkämmen. Denn wenn sie nicht locker sind und sich verhängen, dann kannst du sie nicht flechten. Das ist wichtig."

Die Mutter führte den Kamm durch die strohblonden, steckerlgeraden Haare der sechsjährigen Fanni. Hin und wieder musste sie vorsichtig Nester herauskämmen, das ziepte ein bisschen und die Kleine begann auch schnell zu jammern: „Schopf mich halt nicht immer so!"

„Ja mei, kleines Fannerl, du hast es ja selber so verwirrt, in der Nacht. Jetzt wart, das haben wir gleich. Da wirst Augen machen, was du einmal für einen feschen Mann kriegst, mit deinen langen Zöpfen. Wie eine Prinzessin schaust aus. Du wirst bestimmt das

schönste Mädel von ganz Simbach sein! Aber jetzt pass auf, jetzt zeig ich dir, wie das Flechten geht. Zuerst teil ich deine Haare in drei gleich dicke Stränge. Spürst du's? Einen links, einen in der Mitte und einen rechts. Alle drei nehm ich in die Hände und halt sie ein bisserl auf Zug. Dann leg ich den linken Schippel in die Mitte, dann den rechten in die Mitte, jetzt wieder den linken in die Mitte und den rechten in die Mitte und schon ergibt sich das schöne Zopfmuster. Und allweil weiter von links in die Mitte und von rechts in die Mitte. Da schau, jetzt kann ich den Zopf nach vorn ziehen, dann kannst du sogar mitschauen. Siehst du es Fanni? Morgen darfst es selber einmal ausprobieren. Und da unten, schau, da binden wir ein kleines Band herum, dann kann es nicht mehr aufgehen.
Jetzt bist aber hübsch geworden!"
Auf ihre langen blonden Haare war Fanni sehr stolz. Sie reichten ihr inzwischen weit über ihre Schulterblätter.

***

Heut hab ich gelernt, wie man sich die Haare pflecht. Das ist ganz leicht. Mei ist das schön und das kann ich jetzt selber. Und wenn ich das selber mache, dann muss die Mutter nicht an den Haaren herumziehen. Und wenn es einmal aufgeht, dann kann ich es gleich wieder richten, dann brauch ich nicht recht zottig dastehen oder mich im Saustall verstecken, wenn einmal ein Bub kommt oder ein wichtiger Mensch.

***

Fanni wurde früh in alle möglichen Arbeiten eingelernt. Sie half bei der Stallarbeit, zupfte Unkraut im Gemüsegarten und war auch in der Küche sehr geschickt. Einfache Suppen konnte sie für die Familie schon alleine zubereiten. Milch, Kartoffeln oder Kraut kochen war ihr eine Leidenschaft. Gerade als der Vater allmählich Gefallen daran fand, die Kleine immer stärker in die tägliche Arbeit einzubinden, da bestand Maria darauf, sie endlich in die Schule zu schicken. Simon fand das völlig unnötig. Hier auf dem Hof war sie nützlicher als hinter dem Schultisch, auch wenn er genau wusste, dass er sich dagegen nicht verwehren konnte. Alle Kinder gingen ein paar Jahre zur Schule.

Geld für einen Schulranzen wollte Simon nicht ausgeben, so wickelte Fanni Schiefertafel und Griffel in ein Tuch und marschierte damit barfuß den Weg hinunter nach Simbach, wo die Kinder mehrerer Altersstufen miteinander in einem Raum unterrichtet wurden. Im alten Schulhaus hatte früher zusätzlich der Marktschreiber eine kleine Amtsstube, und ein stallähnlicher Raum mit lehmgestampftem Boden diente als Gefängnis. Diese Zeit war zwar längst vorbei, doch drohte der Lehrer schon noch damit, unfolgsame Kinder in den Verschlag zu sperren. Größere Angst als vor dem Verschlag hatten die Kinder allerdings vor des Lehrers Tatzenstecken. Den Haselnussstock, den bekamen die Schüler schnell zu spüren, wenn sie es wagten, den Unterricht zu stören, oder wenn sie in irgendeiner Form unangebracht auffielen. Wen er einmal ‚dickhatte', den nahm er schnell unter Generalverdacht und ließ ihn jeden Tag büßen. Der Tatzenstecken sauste singend durch die Luft und auf die kleinen Finger der Kinder.

Fanni war ein ruhiges Mädchen, sie musste den Stock nicht fürchten. Weder fiel sie durch Geschwätz mit Kameradinnen auf, noch durch besondere Schläue oder Fleiß. Ein stilles Bauernmädchen wie viele, in das der Herr Lehrer keine besonderen Erwartungen setzte und dessen aufkommenden Stolz er nicht brechen musste. Anders war das bei den Buben, denen er im Aufkeimen einer eigenen Persönlichkeit die Schneid abzukaufen wusste.

***

Fanni hantierte mit der viel zu großen Heugabel und verteilte frisches Stroh im Stallkobel, wo die Geißen untergebracht waren. Der Staub wirbelte im Lichtkegel, den die Sonne durch das kleine, grauverschleierte Fenster auf den Boden warf. Sie summte ein Lied. Unter dem kniekurzen Sommerkleid tapsten die nackten Füße über Stroh und Ziegenschiss. Das Einstreuen war ihr inzwischen zur festen Aufgabe geworden. Nicht nur bei den Ziegen, sondern auch beim Kleingetier, der gutmütigen Kuh und sogar beim Ochsen, vor dem sie aber einen Heidenrespekt hatte.
Die Mutter hatte sie oft und eindringlich gewarnt: „Geh aber ja nicht zwischen Ochs und Stallwand rein, gell! Der drückt dich zusammen wie eine gekochte Kartoffel und merkt es nicht einmal. Dem Vieh kann man nicht trauen!"
Schon ein Tritt hätte ein Unglück bedeuten können, das wusste Fanni. Einen Tagelöhner aus dem Elternhaus der Mutter kannte sie, dem ein solches Tier die Hüfte zerschlagen hatte. Seitdem konnte er nur mehr unter Schmerzen und mit Hilfe eines Stockes gehen. Der arme Kerl klapperte die ganze Verwandtschaft ab und

bettelte, ob er irgendwo für seine geringe Arbeitskraft Brot und Bett finden könnte. Doch keiner wollte sich einen Krüppel auf den Hof holen. Für die schwere Bauernarbeit war er nicht mehr zu gebrauchen und einen unnützen Fresser wollte sich keiner leisten, auch nicht einen, der aus dem eigenen Blut stammte. Bei einem mitleidigen Schneider durfte er das Handwerk mit Nadel und Faden erlernen. Diesen armen Burschen hatte Fanni oft im Kopf, wenn sie hinter dem Ochsen vorbeiging.

Simon ließ sich auf den Melkschemel nieder und wischte sich den Schweiß von der Stirn. Die Sommerhitze war hier im stickigen Stall, wo kein Lüftlein wehte, besonders unangenehm. Auch er ließ nun gern, wann immer möglich, die heißen Schuhe im Hausgang stehen und ging barfuß. Seine Haare waren geschoren, nur wenige Millimeter lang, und die Ärmel seines verschwitzten Oberhemdes hatte er weit hochgekrempelt.

Er schaute zu, wie die Kleine mit der Gabel fuchtelte und wie ihr Haarzopf hin und her flog. Er lächelte.

„Ein fleißiges Mädel bist du!" sagte er anerkennend, als sie die Tränke mit frischem Wasser auffüllte.

„Geh einmal her zu mir!"

Fanni stellte den Eimer ab und kam mit gesenktem Blick auf ihren Stiefvater zu. Wortlos schaute sie auf ihre kleinen wippenden Zehen hinunter. Bei der Mutter war das anders, der flog ihr Herz zu. In ihr gütiges Gesicht blickte sie gern.

„Heut ist es heiß, gell? Da möchte man am liebsten das ganze Gewand ausziehen und in der Unterhose gehen."

Er strich ihr über die strohgelben Haare und sah, wie ihr die kleinen Schweißperlen auf Stirn und Nase standen.

„Sind deine Haare schon wieder gewachsen? Jetzt hängen sie dir aber bald runter bis zum Arsch" bemerkte er und ließ seine Hand, mit der er den Haarzopf umschlang, hinabgleiten, wo er sie um ihren kleinen Po legte.

Sie wurde rot und genierte sich über seine Worte, obwohl er eigentlich nur wiederholte, was vor wenigen Tagen die Mutter gesagt hatte. Sie hatte ihr dabei in den Hintern gekniffen und Fanni quiekte vor Spaß. Immer wieder rutschten ihre Finger den goldenen Zopf hinunter, wie auf einer Rodelbahn, um ihr unten angekommen liebevoll in die Pobacken zu zwicken. Solche Späße fielen ihr oft ein, wenn vor dem Zubettgehen noch ein wenig Kraft übrig war.

Der strenge Vater umschloss mit seiner großen Hand ihre Pobacken.

„Du darfst dein Kleidchen schon ausziehen, damit es dir kühler wird, du bist ja noch ein Kind, da brauchst du dich nicht zu genieren. Dann kann es auch nicht dreckig werden!"

Fanni wollte lieber einfach hinauslaufen - draußen war es auch nicht so heiß. Hinauslaufen und die Füßchen in den Wassergrand stecken - das ist besser.

„Nein, ich mag nicht, ich geh hinaus zum Wassergrand", antwortete sie unschuldig und drehte sich schon von ihm weg, um zur Tür zu laufen.

Simon schnappte nach ihr und erwischte noch ihren langen Haarzopf, an dem er sie grob zu sich zurückzog.

„Darf dein Vater nicht auch einmal mit dir spielen, he? Ich tu dir eh nichts, wenn du stillhältst. Ich möcht bloß auch einmal deine schönen Haare anfassen - und deinen kleinen Arsch."

Schon war seine Hand unter ihrem Rock und zog an ihrer Unterhose. Er stieß sie auf den Stallboden. Fanni versuchte zu schreien, aber er hielt ihr mit der Hand den Mund zu.
„Sei jetzt ganz still, du Saumatz, sonst schlag ich dich recht!", drohte er ihr und so wagte sie nicht mehr, sich zu rühren. Nur noch weinen …

***

Als Maria zur Abendbrotzeit rief, setzte sich Simon alsbald an den Küchentisch. Maria stellte den Topf Suppe ab, legte den halben Brotlaib zu Simons Teller und verteilte die drei Löffel.
„Wo ist denn die Fanni wieder?", fragte sie genervt. „Kann die nie aufs erste Mal kommen?"
Sie ging noch einmal vor die Tür hinaus und rief lauter und gereizter, doch es blieb still.
„Das gibts doch nicht, Fanni!"
Ärgerlich ging sie hinüber in den Holzschuppen und in den Stall, doch das Kind blieb verschwunden.
„Die wird doch nicht so spät noch im Wald rumlaufen!", schimpfte sie und stieg, zurück im Haus, die knarrende Holztreppe zu den Schlafkammern hinauf, um auch dort nachzusehen.
„Ja Fanni, da bist du ja! Was ist denn los? Warum rührst du dich denn nicht, wenn ich nach dir ruf?"
Maria hatte beim Betreten der Kammer den kleinen Kopf im Bettchen gleich erblickt.
„Was liegst du denn um diese Zeit in der Bettstatt? Bist du krank?"

Fanni lag abgewandt und vergrub ihr Gesicht im Kissen. Die Mutter legte die Hand auf ihren Kopf, spürte aber keine erhöhte Temperatur. Die Hand strich über den Hinterkopf ihrer Tochter und schob dabei das Bettzeug nach unten weg. Ein Schrecken durchfuhr sie. Sie riss die Augen auf und in diesem Moment bemerkte sie im Augenwinkel etwas Ungewöhnliches auf dem Boden vor der Kommode. Dort lag der goldene Zopf der kleinen Fanni. Daneben eine Schere.
Mit tränenden Augen und bebender Stimme flehte sie zu ihrem Kind: „Fanni, was ist denn passiert? Warum hast du denn das gemacht, mein Schatz? Was ist denn mit dir?"
Sie zog das Kind hoch und drückte es an ihre Brust. Sie weinten beide.

***

Ich mag nimmer singen und kein Wort mehr sagen. Ich mag den Schweiß nimmer riechen, den die Männer haben, da muss ich speien! Mir ist so schlecht, dass ich speien muss. Keine Luft krieg ich und muss das Fenster aufreißen. Es ist finster draußen, aber lieber das Schwarze als das Stinkende. Ich möcht hinausfliegen in das Schwarze wie eine Fledermaus. Ich möcht rausfallen vom Fenster und nichts mehr riechen müssen. Ich bitt dich, dass du mir meine Sünde vergibst, weil der Vater sagt, dass ich selbst schuld bin und eine Schande trag unterm Röckl. Herrgott, ich hab doch nichts Schlechtes wollen, erbarm dich doch über meine Sünden. Herrgott, dass du mich nicht verdammen möchtest, weil ich doch noch so klein bin und keinen richtigen Vater hab auf dieser Welt. Herrgott, ich möcht dich bitten für meine arme Mutter, weil du sie auch beschützen sollst vor dem Vater und vor der Schlechtigkeit, ich bitt dich, steh auch ihr bei. Lass dich erbarmen!

*Vater unser, der du bist im Himmel,
geheiligt soll dein Name sein.
Dein Reich soll kommen und dein Wille geschehen,
wie im Himmel, so auch auf der Erden.
Gib mir heut das täglich Brot
und vergib mir meine Schulden
wie auch ich vergeben kann.
Und führ mich nicht zu Schanden,
sondern erlös mich von allem Bösen.
Amen.*

***

Es sollte acht Jahre dauern, bis sich nach der tragischen Totgeburt, trotz der Warnung des Arztes, bei Maria Erlmayer ein weiteres Mal Nachwuchs einstellte. Entgegen aller Befürchtungen - die Eheleute hatten weiß Gott viele bange Stunden durchlitten - verlief die Geburt diesmal jedoch ohne Komplikationen.
Mitte September 1839 kam ein Sohn zur Welt, der wiederum Josef getauft wurde.
Bis 1850 gebar Maria noch zwei Jungen und drei Mädchen, während Fanni zur jungen Frau heranwuchs.
Wann immer es ging, versuchte sie der Gegenwart des mürrischen und jähzornigen Stiefvaters zu entkommen. Sie ging ihre eigenen Wege. Sie konnte ihm nichts recht machen und so ließ sie

es allmählich auch bleiben, ihm lieb Kind zu sein. Sie trieb sich am liebsten in den rundherum angrenzenden Wäldern herum, sammelte Pilze, Kräuter und Beeren. Das war ihre Welt! Im Gegensatz zu den Früchten des Waldes waren die Erträge des Bauernhofes mit so viel Mühe verbunden. Für das tägliche Brot musste der Müller das Korn zwischen großen Mühlsteinen zu feinem Mehl mahlen - das Korn, das ihm der Bauer in Säcken mit dem Fuhrwerk brachte. Doch um das Korn ernten zu können, musste dieser im Vorjahr erst einmal den Boden aufbrechen, ihn nach dem lockernden Frost des Winters feineggen, den Weizensamen auswerfen und in die Erde einarbeiten. Später Sorge darum tragen, wenn das Sommergewitter Hagelkörner herniederwarf oder lange Regenwochen das Korn aufkeimen und verderben wollten. Er schnitt das Korn mit der Sichel, bei großer Hitze, fuhr es heim auf dem Ochsenkarren um die Getreidekörner aus den Schalen zu schlagen, sie zu trennen von der Spreu und dann - dann war es reif, um es zu zerreiben.

Wieviel leichter war es doch, alles, was der Wald hervorbrachte, ohne Mühen aus der Hand Gottes anzunehmen. Es war geschenkt und für jedermann bestimmt. Der Großvater hatte ihr ein paar Stellen verraten, wo Steinpilze und Rotkappen wuchsen. „Dort wo die Fliegenpilze leuchten, dort schau auch nach den Steinpilzen!", hatte er gesagt.

Ihre guten Augen entdeckten schon die kleinen, gut getarnten Kappen, sobald sie sich durch den Nadelteppich bohrten; und auch das hatte sie gelernt: An dem Platze, wo sie einen der begehrten Röhrlinge entdeckte, war sehr oft auch ein ‚Schwammerlbruder' zu finden. Sie kannte und nahm auch Sorten, die von vielen anderen aus Unwissenheit gemieden wurden. Sie sammelte das Rotfüßerl, den Parasol und auch die Krause Glucke, die sie jedoch nicht mit Namen benennen konnte.

Einmal hatte sie im dicken Unterholz drei wunderschöne dickstielige Schwammerl entdeckt, von der Form ähnlich dem Steinpilz, aber mit rotem Stiel und auch der gelbe Schwamm der Hutunterseite hatte einen roten Belag. Vorsichtig drehte sie die seltsamen Schwammerl aus dem Waldboden und nahm sie mit, um daheim den Nachbarsgroßvater zu fragen, der auch ein leidenschaftlicher Sammler war. Sie fand ihn im Schuppen beim Holzhacken. Diese wichtige Aufgabe war ihm verblieben. Er zersägte die Stämme und schlug sie zu Scheiten für die Küche und den Ofen im Winter. Der fast Siebzigjährige wischte sich ein Tröpfchen von der Nasenspitze, dann hob er einen Pilz andächtig in das Licht, das durch die mit Spinnweben verhangene Scheibe drang, und nickte wissend.

„Ja, das sind freilich schöne Schwammerl - Hexenschwammerl sind das."

Fanni erschrak gleich über den seltsamen und unheilvollen Namen und riss die Augen auf.

„Aber Gute sinds, brauchst dich nicht fürchten darum! Die schauen zwar gefährlich aus, aber die kann man schon essen. Ich zeig dir was. Pass auf!"

Er nahm ein Taschenmesser aus der Hosentasche und schnitt einen besonders schönen und fleischigen Pilz in der Mitte durch. Zuerst zeigte sich, nur für einen kurzen Augenblick, eine leuchtend gelbe Schnittfläche, dann lief sie aber sofort blau an und verfärbte sich schließlich fast schwarz.

„Nein, der ist bestimmt giftig!", meinte Fanni beeindruckt.

„Wenn du sie nicht magst, dann lass sie mir nur da. Kannst mir schon glauben! Ich nehm solche auch gern mit, wenn ich sie denn finde. Die kannst du braten wie die Braunkappen. Ich sag schon die Wahrheit, Mädel, glaub mir!"

Dem erfahrenen alten Bauern vertraute sie natürlich und briet die ‚Hexn' am Abend zusammen mit anderen, ihr bekannten Arten.

Mit ein wenig Speck, Zwiebeln und Rahm briet Fanni sie zu einer herrlichen Mahlzeit. Übrige Mengen trocknete sie manchmal, in dünne Scheiben geschnitten, als Wintervorrat.

Gerne streifte sie die Waldränder und Böschungen entlang und zupfte die Haselnüsse von den Nussstauden. Der Vater hatte im eigenen Obstgarten zwar auch einen Nussbaum gepflanzt, doch der wuchs sehr langsam und brachte bisweilen erst ein paar Handvoll Walnüsse hervor.

Die Hollerbüsche aber verschenkten ihre schwarzen Beeren in großen Mengen. Wenn die Dolden im Frühsommer in der Blüte standen, dann pflückte Fanni sie, um daraus Hollerküchel zu backen. Ihre Mutter liebte diese einfache Süßspeise und hatte es der Tochter gezeigt: Die Blütendolden werden dazu in einen flüssigen Teig aus Mehl, Eiern und Wasser getaucht, dann in Schmalz herausgebacken und gezuckert.

Mit den reifen, schwarzen Holunderbeeren geht das auch, die schmecken aber anders. Meistens kochten sie Saft und Marmelade daraus. Den Saft gab es vor allem bei Erkältung. Wenn die Nase lief und der Hals schmerzte, dann erhitzte die Mutter den schwarzroten Saft auf dem Küchenofen und rührte zwei Löffel Honig hinein. Das schmeckte, und brachte bald Linderung!

Dass die Liebe zum Wald so groß wurde und sie sich immer häufiger und länger dort herumtrieb, hatte allerdings noch einen anderen Grund. Junge Burschen aus der Umgebung zog es ebenfalls ins Schabinger Holz. Am Kalten Brunn, einer kleinen Schlucht, durch die sich ein schmaler Wassergraben schlängelte und wo eine Quelle bestes Trinkwasser zu Tage sprudelte, war ihr Treffpunkt und Versteck. Dieser Ort diente schon während des Dreißigjährigen Krieges den Simbacher Bürgern als Unterschlupf, als eine Truppe marodierender Schweden das kleine Dorf plünderte und verbrannte. Die Männer, die sich jetzt hier trafen, waren keine Schwammerl- oder Beerensucher wie Fanni, auch keine Jäger, die sich auf die Pirsch legten, um ein Reh zu schießen. Ein Reh erlegten sie zwar schon gerne, aber als Wilderer, und sie schreckten auch nicht davor zurück, einen Menschen umzulegen. Es waren die Räuber. Meistens lustige Gesellen, die lachten, Geschichten erzählten und immer ein schönes Stück Speck, Würste und Schnaps im Rucksack trugen. Besonders wenn Fanni zu ihnen stieß, waren sie ausgelassen und spielten die mutigen Helden, die sich weder um Jäger noch Gendarm einen Pfiff scherten. Sie kuschten nur vor einem: dem Franz Matzeder. Er war der Kopf der Bande - wenn es sein musste, ein eiskalter Hund, der nicht lange fackelte, jemand die Gurgel durchzuschneiden. Im Grunde war er ein ebenso armer Teufel wie die meisten seiner Knechte, aber schon sein Äußeres jagte den braven Bauersleuten Angst ein. Er war ein gedrungener kräftiger Mann, schwarzhaarig, mit einer Habichtsnase und kleinen stechenden Augen. Er ließ sich einen breitbuschigen, lang nach hinten gezwirbelten Schnauzbart stehen. Ein unehelicher Tagelöhnersohn, der sich den Großbauern und Amtsträgern nicht beugen wollte. Schon zum Ende seiner Lehrzeit als Maurer kam er mit dem Gericht in Konflikt. Nach einer Schlägerei, bei der er seinen Kontrahenten halb totgeschlagen hatte, wurde er zu fünf Jahren Gefängnis verurteilt. Die Gesellschaft, die er dort antraf, war nicht zimperlich und trug mit Sicherheit zu seiner Verrohung bei. Inzwischen war seine Bande, die sogenannten Matzöder Räuber tatsächlich im großen Umkreis berüchtigt und gesucht. Vor allem mit seinem Kumpan Franz Reiter aus einem kleinen Weiler bei Massing heckte er seine Diebstähle und Mordtaten aus. Fanni wusste bald von mehreren schlimmen Verbrechen und war darum Komplizin. Sie wusste, dass Franz das Gewehr, das er trug, einem Jäger abgenommen und den armen Tropf mit der eigenen Waffe ohne Zögern erschossen hatte. Ebenso erstach er einen Gendarmen, der ihn zuvor im Wald überrumpelt hatte und ihn mit der Flinte im Anschlag abführen wollte. Der Überfall in Breitreit, sowie ein Ausbruch aus dem Gefängnis in Eggenfelden und die Geschichte, wie der Stall beim Jahrstorfer in Simbach abgebrannt war, das waren ihre Heldentaten, die sich die Männer bei ihren Saufgelagen immer wieder erzählten. Mehrere Male schon durchsuchten Gendarmerietrupps das kleine Einödsacherl in Matzöd, doch sie konnten den Matzeder nie aufspüren. Er kannte viele Gleichgesinnte, bei denen er Unterschlupf nehmen konnte, und im Sommer lagerte er gerne hier im Schabinger Holz.

Fanni schlich sich nach vorheriger Verabredung nachts oft noch von zuhause weg und feierte mit den Männern deren Schandtaten. Mit Franz Matzeder lernte sie das Trinken und im berauschten Zustand noch einiges mehr. Obwohl er über zehn Jahre älter

war als sie, fand sie an dem Rabauken Gefallen und galt bald als seine Räuberbraut. Liebe war es nicht, das spürte Fanni, aber Zuneigung zumindest und sie fühlte sich stark an seiner Seite. Mit ihm hätte sie auch ein schweres Pfund gegen ihren Stiefvater, falls es nötig sein würde. Von den anderen Burschen durfte sie keiner anrühren, das hatte Matzeder nur ein einziges Mal ausgesprochen und es war sofort für alle ein ungeschriebenes Gesetz.
Und es kam, wie es kommen musste: Am Anfang des 1848er Jahres konnte die damals 22jährige Fanni eine Schwangerschaft nicht mehr verbergen.

***

Fanni stopfte ein Büschel Heu in die rostige Futterraufe, die an die Holzwand im Geißenstall genagelt war. Die beiden zotteligen, weißen Ziegen kamen gleich heran und zupften mit spitzen Lippen das Futter heraus. Fanni liebte die beiden Tiere. Aus der Ecke nahm sie sich den niedrigen Melkschemel. Sie stellte ihn auf dem gestampften Lehmboden neben der einen Ziege ab und setzte sich darauf. Mit geübten Griffen strich sie dem gutmütigen Tier über das warme Euter und ließ dann die Milch in den Blecheimer spritzen.
Plötzlich wurde die Stalltür knarrend aufgedrückt. Sie fühlte den kühlen Luftzug um ihre nackten Knöchel ziehen, doch sie sah sich nicht um. Sie wusste ja, wer es nur sein konnte. Angewidert runzelte sie die Stirn und erwartete schon ein unfreundliches Wort ihres Stiefvaters.

Fanni hielt erst inne und drehte sich zur Stalltür, als diese wieder in den Holzrahmen klopfte. Es war niemand zu sehen. Sie lehnte ihren Kopf gegen den warmen Rücken der Ziege und atmete erleichtert aus. Vor ihrem Stiefvater hatte sie Angst. Er war jähzornig und unberechenbar. Die Gedanken und Fragen, die ihr wieder durch den Kopf gingen, hatten sie schon so oft gequält. Was sollte sie nur tun? War sie ihr Lebtag dazu verdammt, unter ständigen Demütigungen die harte Arbeit zu verrichten und ihr Täglich Brot zu verdienen? Und was sollte werden, wenn erst das Kind da war? Es würde ebenso leiden wie sie.

Als sie gedankenversunken den Hals der Ziege streichelte, peitschte urplötzlich ein Stock auf ihren Rücken - wieder und wieder. Es war ein Haselnussstecken, der pfeifend auf sie herabsauste. Abwehrend drehte sie sich um, hob den Ellbogen schützend gegen den Angreifer und stürzte dabei rücklinks über den Schemel. Die Ziege, die ebenfalls einen Hieb abbekommen hatte, machte einen Satz zur Seite und stieß dabei den Milcheimer um. Fanni sah vom Boden auf zu ihrem Stiefvater, wie er giftig mit hochrotem Kopf vor ihr stand. Mit dem Stiefel kickte er ihr einen Pauschen Mist entgegen.

„Du Mistvieh!" schrie er sie an. „Eine solche Matz wie dich hab ich noch haben müssen, die den ganzen Tag träumt und in der Nacht bei den Sauburschen die Beine breit macht!"

Fanni sprang auf und versuchte in einem Bogen um ihren Stiefvater die Tür zu erreichen, doch dieser versperrte ihr den Weg, schlug wieder mit seiner Haselnussgerte zu.

„Wer ist der Vater von dem Bangert?", schrie er und drohte mit seinem Stock.

„Sags schon, Saumatz, wer ist der Vater?"
Fanni weinte, konnte kaum den Hieben auszuweichen und verschanzte sich hinter der halbhohen Bretterwand, die den Heuhaufen einfasste.
„Jetzt kommst du mir nicht mehr aus! Wenn du es nicht rausrückst, dann erschlag ich dich!", schrie er heiser und trieb sie in eine Ecke, wo er wie verrückt mit seiner Rute auf die arme Frau einschlug. Fanni konnte nichts anderes tun, als sich zu ducken und die Schläge einzustecken. Sie schrie und heulte, gab aber nicht die geforderte Antwort.
Simon Erlmayer hielt inne, schnaufte schwer und blickte voll Hass auf die zusammengekauerte Gestalt. Als er sich den Rotz von der Nase wischte, fiel sein Blick auf die Mistgabel, die an der Bretterwand lehnte. Er schien zu allem entschlossen, trat einen Schritt zur Seite und packte zu. Langsam und mit zittrigen Händen richtete er die spitzen, blitzenden Zinken der Gabel gegen seine Tochter - nein, gegen seine Stieftochter, mit der er nichts zu schaffen hatte, die er verabscheute und die an so vielem die Schuld hatte.
Fanni hatte einen Hieb ins Gesicht abbekommen und aus ihrer Nase rann hellrotes Blut. Tränen- und blutverschmiert bebte ihr Mund in Todesangst.
Das konnte er doch nicht machen! Er konnte sie doch nicht abstechen! Auch wenn sie nicht sein eigen Fleisch und Blut war, aber sie war ein Mensch! Und wenn er auch keine Liebe für sie empfinden konnte, so war sie ihm all die Jahre wie eine Dienstmagd auf dem kleinen Hof. Sie war doch sicher mehr nütze, als was sie selbst an einfacher Kost in Anspruch nahm.
„Bin ich der Vater von dem Kind? Sag es!", forderte Simon.

Das war es also, was ihn so sehr umtrieb!
Ja, er hatte sich an ihr vergangen. Obwohl er sie hasste und schlecht behandelte. Nicht weil er an der jungen Frau Gefallen hatte und sie begehrte. Nein, nur um ihren Stolz zu brechen und sie zu demütigen. Nicht etwa, weil in seiner eigenen Bettstatt die Leidenschaft gestorben, ihm das eigene Weib satt geworden war, denn zur gleichen Zeit brachte er auch seine Frau Maria in andere Umstände.
Für einen Moment fühlte sie sich zurückgeworfen an den Abend, als er sie hier nach den vielen Jahren ein zweites Mal ins Heu gedrückt, die Bluse aufgerissen und mit seinen schrundigen Händen ihre Brust schmerzhaft gedrückt hatte. All die schrecklichen Bilder sah sie wieder vor ihrem inneren Auge. Sie hatte mit niemandem darüber geredet, ihn nicht bezichtigt. Sie hatte sich so abgrundtief geschämt und konnte die schmutzige Tat nicht in Worte fassen. Die Mutter hätte es erfahren sollen! Sie hätte wissen sollen, was für ein Saubär ihr Simon ist. Aber was hätte es gebracht außer noch mehr Unglück? Der armen Mutter ging es ja nicht besser. Sie musste diesem Scheusal so oft ihren Körper hingeben, wann immer er seine Geilheit verspürte. Die arme, unglückliche Mutter!
Auch die Gerüche waren wieder da und verschlugen ihr den Atem. Der Gestank seines stechenden Schweißes, seiner faulen Zähne und die Schnapsfahne. Ihr drehte sich der Magen um und sie musste würgen.
„Nein, du bist es nicht, gewiss nicht", schluchzte Fanni, „sonst hätt ich mich schon längst aufgehängt!"
„Dann sag es endlich, wer der Vater ist, bevor ich mich vergesse!", donnerte er wieder.

Fanni hatte keine Wahl und gestand endlich ihr Geheimnis. Voller Verzweiflung und in Tränen aufgelöst: „Der Matzeder! Der Matzeder Franz ist der Vater!"
Damit hatte Simon nicht gerechnet. Diese Antwort war wie ein Schlag ins Gesicht für ihn. Mit offenem Mund stand er nun da und er spürte sein Herz pochen. Das schmutzige Hemd hing ihm aus der Hose und seine Haare wirr ins Gesicht. Die Heugabel fiel ihm aus der Hand und klapperte auf den Boden.

Der Matzeder und unser Mistvieh.
Wenn das jemand erfährt! Wenn das die Gendarmerie rausbekommt. Und wenn der Verbrecher zu uns kommt und uns niederbrennt! Wenn mich der Kriminelle mit seinen Kumpanen zusammenschlägt! Der hat seinen Spaß dabei, wenn er mir die Gedärme und die Augen aufsticht! Saumatz!

Beängstigende Gedanken schwirrten ihm durch den Kopf. Ihm wurde schwarz vor Augen und plötzlich schien der jähzornige Tyrann kraftlos und alt.
Fassungslos stotterte er: „Mit dem Räuber? Du Saumatz! Du hast es mit dem Teufel getrieben? Ja du Hure, du verfluchte!"
Verständnislos schüttelte er den Kopf.
„Warum hab ich dich nur nicht schon längst totgeschlagen? Du wohnst unter meinem christlichen Dach und lässt dich vom Teufel vögeln? Dass mit dir etwas nicht stimmt, das hab ich immer schon gewusst, aber diese Schande! Glaubst du, ich tu mir den Satan ins Haus?"

Er ging wankend zur Stalltür, drehte sich noch einmal um und sagte mit drohender, kalter Stimme: „Keiner darf das je erfahren! Wenn du das jemandem sagst, dann bring ich uns alle um, das schwör ich dir bei allen Heiligen!"

***

Mir ist so weh, dass ich mich aufhängen möcht am Strohboden oben. Ich hätte es dem Vater niemals sagen dürfen. Jeder dahergelaufene, versoffene Häuslerbursche hätte mir hundertmal mehr Ehre gelassen, als der gesetzlose Matzeder.
Herrgott, jetzt ist es ganz aus zwischen dem Vater und mir. Ich kann nur darauf hoffen, dass er es vor lauter Scham niemandem sagt und es als Geheimnis mit ins Grab nimmt. Ich weiß, ich hätt es nicht tun sollen. Aber immerhin hat er dafür mit harten Talern bezahlt. Mein Herz hab ich ihm ja nicht gegeben. Ich hab es doch nur für die Mutter getan, damit sie beim Kramer die Rechnungen bezahlen kann, da ist doch nichts Schlechtes daran. Der Christus hat auch mit der Magdalena ein Erbarmen gehabt und ihr die Hurerei vergeben.
„Geh hin und tu es nimmer!", hat er ihr zugesprochen.
Ich will es auch nie mehr tun, mein Herrgott. Ich kann mir selber nicht verzeihen, weil mir jetzt selber vor dem, was ich getan habe, graust, aber ich bitt dich Herrgott, vergib mir!
Kann ichs wieder gutmachen, wenn ich den Matzeder anzeige? Wenn ich dafür sorge, dass er und seine Freunde ins Zuchthaus kommen? Ich könnte nach Simbach laufen und die Gendarmen holen, wenn sie sich wieder am Kalten Brunn treffen. Doch selbst wenn sie den Matzeder erwischen - ein paar werden sicher davonkommen und es erfahren, dass

ich dahinterstecke. So schnell könnt ich nicht schauen, bis die uns den Hof abbrennen und mich erstechen. Das ist kein guter Plan. Herrgott erbarme dich über mich!

***

Am Nachmittag des 5. Juni 1848 quälten Fanni starke Geburtswehen. Die Mutter war bei ihr und wischte ihr den Schweiß von der Stirn. Sie war sehr besorgt, denn mit Komplikationen wusste sie nicht umzugehen. Sie hatte das Gefühl, dass Fannis Kräfte schon nachließen, doch noch hatte sich der Muttermund kaum geöffnet. Dem Bauchumfang nach sollte es ein großes Kind sein und wollte nicht durch den engen Kanal einer Erstgebärenden passen. So sehr sie sich auch anstrengte, so sehr sie auch mit den Wehen presste, sie konnte das Baby nicht heraustreiben.
Maria stürzte in die Stube, wo Simon mit einer Flasche Apfelbrand saß und vor sich hin sinnierte.
„Geh, Simon, ich bitte dich: Lauf, und hol die Gerstlin zu Hilfe. Ich glaube, wir schaffen es nicht allein. Die Fanni kommt nicht weiter!"
„Närrisch bin ich, dass ich dieser Hure den Laufburschen spiele. Und wenn die Saumatz verreckt, dann ist es allemal des Herrgotts Wille! Das ist die gerechte Strafe dafür, dass sie Schande in mein Haus gebracht hat."
In Maria stieg Zorn hoch.
„Simon, jetzt ist keine Zeit zum Streiten! Möchtest du den Tod unserer Fanni auf dein Gewissen laden? Versündige dich nicht!

Wenn der Herrgott sie strafen möchte, dann wird das am Jüngsten Tag so sein, aber du hast kein Recht zu urteilen!"
Und nach einer kleinen Pause und mit eindringendem, wissenden Blick fügte sie noch in vorwurfsvollem, ruhigen Ton hinzu: „Gerade du hast kein Recht!"
Simon fuhr hoch und schlug mit der Faust auf die Tischplatte. Zornig stierte er seine schwangere Frau mit zusammengekniffenen Augen an und fluchte: „Verdammter Bangert, musst eh erst einmal sehen, was sie für einen Krüppel ausgetragen hat. Ein Segen ist es, wenn es tot ist!"
„Du gehst jetzt auf der Stelle zu der Hebamme, Simon! Pass gut auf, was ich dir jetzt sag: Wenn die Fanni keine Hilfe kriegt, dann geh ich mit den Kindern vom Hof!"
Damit schlug sie die Tür hinter sich zu und ließ den wütenden Simon zurück.
Simons Gesicht lief rot an. Er kochte vor Zorn, aber er wollte nichts mehr entgegnen. Er wankte in den Flur, nahm Hut und Janker vom Holznagel und stapfte hinaus, um endlich doch die Gerstlin zu holen.
Mit Gottes Hilfe und dem Geschick der Hebamme war es nach schweren Stunden endlich geschafft. Es war ein Bub, ein kräftiger schwarzer Ratz, kerngesund, dem man schon jetzt seine Wildheit und Abstammung ansah.
Fanni lag nach der schweren Geburt bleich und kraftlos in ihrer Kammer. Ihre Mutter brachte eine kräftige Suppe mit Kartoffeln und Speck, umsorgte sie und das Kind, das in einem großen Korb gebettet lag. Auf dem Tisch flackerte eine Kerze und gab ein schönes warmes Licht. Fanni beobachtete starr die tanzende

Flamme. Natürlich hatte sie den Buben mit der Liebe, die nur eine Mutter für ihr Kind empfinden kann, an die Brust gelegt und versuchte in das Wunder der Menschwerdung hineinzuhorchen. Für eine kurze Zeit war sie nach der Geburt ganz Mutter und stolz und vergaß für Stunden die Realität ihres erbärmlichen Daseins. Sie war einfach nur dankbar. Dankbar, dass ihr ein gesundes Kind geschenkt wurde. Zuversichtlich, das Gott ihr Leben wenden könnte. Sie war jetzt Mutter und verantwortlich auch für die Zukunft ihres Kindes. Sie bat einfach für Frieden, für die Kraft, nach vorne schauen und hoffentlich eines Tages mit einem redlichen Mann an ihrer Seite etwas Eigenes aufbauen zu können.

Dann schlief der Bub ein, sie war allein mit ihm in ihrer Kammer, und die Stille der Kammer wurde plötzlich zur Leere in ihrer Seele. Sie spürte den geschundenen Unterleib, sie spürte wieder die Traurigkeit ihrer jetzigen Welt und sie begann zu frieren.

Ein seltsames dumpfes Gefühl verdrängte das kurze Herzensglück.

Am nächsten Morgen wickelte Maria den kleinen Buben in ein großes weißes Tuch, legte ihn in einen Weidenkorb und machte sich mit Simon damit auf den Weg nach Simbach zur Taufe. Nach gut zwei Kilometern erreichten sie ungefähr um zehn Uhr den Pfarrhof, wo sie bereits von einem jungen Mann in dunklem Sonntagsgewand erwartet wurden.

Vikar Hartwanger war nicht angetan von der Gesellschaft und protestierte: „Ich hab schon gehört von eurem Bangert! Ja was glaubt ihr denn? Soll ich das Kind eurer Wollust jetzt taufen? Wo ist denn die schamlose Mutter von dem Kind? Die hat das letzte viertel Jahr keinen Beichtstuhl betreten, und auch davor hat sie nichts von irgendwelchen Männern zugegeben, aber ich soll ihren Schratzen weihen! Weißt du was, Erlmayer? Bei euch ist die Sünde daheim, und das betrifft nicht nur deine saubere Tochter. Frag dich einmal selber, ob du noch auf dem richtigen katholischen Weg bist!"

Nachdem sie demütig Besserung gelobt hatten, ließ der Herr Vikar die Bittsteller in seine Stube, um vor der Taufe die Personalien aufzuschreiben. Das Atrium des Pfarrhofes war ein dunkel eingerichteter Raum mit einem verschlossenen Sekretär und einem Tisch mit sechs Stühlen, an dem er mit den Gästen Platz nahm.

Er notierte den Vortag als Geburtsdatum, fragte dann nach dem Namen, den der Bub erhalten sollte.

Simon antwortete einsilbig: „Lorenz"

„Lorenz soll er heißen? Hm - so heißt doch keiner in deiner Verwandtschaft. Ob wir wohl heuer noch einen Sebastian taufen können, wo doch grad die Sebastianikapelle neu aufgebaut wird? Und wie ist der Name des Vaters?"

„Der da, Helldobler. Sag es halt selber!", wandte sich Simon an den jungen Simbacher Mann, den er mitgebracht hatte.

„Ja, Helldobler, Hans Nepomuk. Mein Vater ist der Steinhauer hier in Simbach!"

„Aha, auch ein recht seltener Besucher der Sonntagsmesse!", setzte der Geistliche hinzu, der durchaus noch nicht alle Leute in seiner Gemeinde mit Namen kannte. Die Vikarstelle hatte er erst vor gut einem Jahr angetreten. Er schaute dem jungen Hans Helldobler streng und tief in die Augen. Helldoblers Gesicht lief in Sekunden rot an und er senkte schnell seine Augen und studierte die Wurmlöcher in der alten Tischplatte.

„Lorenz soll er also heißen, hm, ich sag es jetzt noch einmal: So heißt doch gar keiner bei euch. Will die Mutter denn keinen Sebastian haben? Das wäre für euren Buben auch ein schöner Name gewesen."

Maria Erlmayer schaute zu ihrem Mann hinüber, aber der wich ihrem Blick aus.

Es folgte eine kurze Taufzeremonie in der Simbacher Pfarrkirche. Im Namen der göttlichen Dreifaltigkeit wurde der kleine Mensch in die Gemeinschaft der Christenheit aufgenommen und fürs Erste vor dem Verderben errettet. Das war das Mindeste. Auch wenn zeitlebens der Makel der Außerehelichkeit an Lorenz haften würde, so hätte die arme kleine Seele wenigstens einen Platz in der Kirchenbank zugesprochen bekommen.

Erlmayer zahlte den Taufgulden an den Vikar und, als sie wieder auf der Straße standen, das versprochene Vaterschaftsgeld an den eingesprungenen Ersatzvater. Da er nun schon mal im Feiertagsgewand in Simbach weilte, da schickte er seine Frau mit dem Kind zurück auf den Schabinger Hof, um selbst noch Geschäften nachzugehen. Beim Schmied schaute er in die Werkstatt auf einen kurzen Plausch, dann versumpfte er jedoch beim Karrer-Wirt in ‚siebengescheiten Diskursen' mit einigen frühen Simbacher Bierdimpfeln.

***

Wenn sie nicht so viel hätte aushalten müssen für diesen Bangert! Jetzt lag er unschuldig in seinem Bettchen und gluckste. Eine Mutter muss glücklich sein - ja sie muss es für das Höchste in ih-

rem Leben erachten, ein Kind geboren zu haben, Fanni aber fühlte sich auf einmal leer. Sie wollte nur noch ihre Ruhe. Sie wollte den Buben nicht in den Arm nehmen, ihn nicht an ihrer Brust stillen, ihn gar nicht ansehen. Auf ihrem Strohsack drehte sie sich weg und ihr Blick verlor sich in der Fichtenmaserung der Bettwandung. Ihr Fingernagel bohrte sich in die Rillen des alten wurmstichigen Holzes. Ihr Blick war ebenso leer wie ihr Herz.
Sollte ihr Vater mit seinem Urteil über sie und das Kind Recht haben? Das Leben schien ihr sinnlos. Sie wollte das Kind nicht, aber sie hatte so viel aushalten müssen! Und wenn Sie es weggeben würde? Zu Verwandten in Obhut?
Es wäre das Beste gewesen, sie hätte das Kind nicht austragen müssen. Auch nach der Gewissheit, dass sie in anderen Umständen war, hätte es Möglichkeiten gegeben, es loszuwerden. Aber jetzt hatte sie keine Wahl mehr.

***

Mag sein, dass es krank wird und stirbt. Mag sein, dass es wie so viele Kinder nicht davonkommt. Es ist dann auch egal! Nein, nicht egal - besser wäre es. Und wenn ich zur Gottesmutter bete um Erlösung? Sie kann es auch nicht wollen, dass ich ein uneheliches Kind eines Verbrechers anhängen hab. Kein ehrhafter Mann wird mir noch gut gesonnen sein. Mit einem Matzederbangert bin ich verdammt. Alle werden sie mich meiden und über mich tuscheln. Sie muss es wegnehmen, die Erlöserin, sie muss es zu sich nehmen. Was nur soll ich tun? Meine Gedanken sind so finster! Ein kleines Kind ist so empfindlich.

***

Sie schämte sich für ihre Gedanken. Gut, dass niemand in sie hineinschauen konnte. Wenn Lorenz greinte, dann legte sie ihn an die Brust, wusch und wickelte ihn wieder. Eigentlich war Lorenz ein braves Kind, meistens schlief er. Vielleicht aber spürte er die Trauer seiner Mutter und wollte sie nicht weiter grämen. Vielleicht war der Bub über den Tränen, dem Schluchzen seiner Mutter verstummt.
Lorenz blieb in der Kammer, wo Fanni und die Oma regelmäßig nach ihm sahen und ihn versorgten.
Lorenz starb nach wenigen Wochen seines kurzen Erdenlebens unverhofft und wurde in Simbach begraben. Simon, sein Großvater, hatte ihn nicht ein einziges Mal angeschaut.

***

Es ist zum Verrecken! Die Mutter ist wieder einmal von diesem Saubärn schwanger. Kugelrund ist sie. Ja, das kann er noch. Wenn er auch sonst zu nichts mehr taugt. Seit dem vergangenen Jahr ist der Vater ständig krank. Kaum, dass er vier Wochen arbeiten kann, dann liegt er wieder mit Fieber im Bett. Seine Zähne sind dermaßen kaputt und verfault, dass man zwei Schritt Abstand halten muss, sonst muss man speien. Die Hälfte der Zähne hat ihm der Schmied eh schon rausgerissen. Aber Kinder machen, das kann er noch - und mir die Hurerei vorwerfen!
1831 war mein erster Halbbruder geboren, der wär jetzt schon fast 19 Jahre alt, den könnten wir gut brauchen für die Arbeit auf dem Hof. Leider ist er gleich gestorben. Der Doktor hatte zur Mutter gesagt, sie

solle keine Kinder mehr bekommen. Es wär ein großes Risiko für sie. Aber dann hat sich doch wieder eine Schwangerschaft eingestellt und der zweite Sepperl, der ist jetzt zehn, kam ganz ohne viel Gschieß zur Welt. Das Annerl wird Ende Mai acht Jahr alt. Die kann schon gut hinlangen und auf die Kleinen aufpassen. Ein gutes Mädel! Das erste Reserl ist auch gestorben. Das zweite Reserl ist erst vier und der Xaver noch keine zwei Jahre alt.

Jetzt ist es wieder so weit. Anfang Mai wird die Mutter noch ein Kind entbinden und der Vater liegt wieder fiebernd auf seiner Kammer. Wenns nicht mehr anders wird, dann kann er genauso gut gleich abkratzen - ist doch wahr! In ein paar Jahren sind der Sepp und das Annerl für jede Arbeit zu gebrauchen, dann wirds leichter.

***

Der Vater erholte sich nicht mehr. Sogar der Doktor war noch da und hat nochmals zwei Zähne gerissen. Die Zahnfäulnis war aber bereits in den Kieferknochen eingedrungen und die Entzündungen schwächten den ganzen Körper. Er versuchte mit Tinkturen die Eiterherde zu behandeln. Es stank so erbärmlich. Der Doktor sagte, bei einer richtigen Zahnbehandlung hätte es nicht so weit kommen müssen und er verstehe nicht, warum er so spät geholt wurde. Teure Morphiumtropfen sollten jetzt die Schmerzen lindern, aber an eine Genesung glaubte er nicht mehr.

***

Maria brachte am 5. Mai einen Sohn zur Welt. Simon war sehr schwach und konnte nicht mehr aufstehen. Sie haben ihm sein Kind gezeigt, doch er hat nicht reagiert. Der Bub sollte Simon heißen und den Namen des Vaters weiterführen.

Fanni lag in dieser Nacht lange wach. Sie hatte ihrem Vater den Tod an den Hals gewünscht und nun war es tatsächlich so weit. Sie erinnerte sich daran, wie sie sich ausgemalt hatte, ihm ein Messer in den Bauch zu stechen. Ihn zu stechen und ihm mit der Schneide die Därme herumzudrehen. Sie empfand Hass für den Mann, von dem sie ein Leben lang nur Misshandlung kannte. Mit nur 48 Jahren lag er nun im Sterben. Was hätte nicht alles anders verlaufen können! Eine glückliche Familie waren sie nie, aber es wär doch nicht zu viel verlangt gewesen, miteinander auszukommen. Plötzlich bekam sie bei dem Gedanken, dass sie ihn von Anfang an verabscheut und dies auch nicht verborgen hatte, ein schlechtes Gewissen. Wo sie konnte, war sie ihm aus dem Weg gegangen. Sie hatte ihm all die Jahre kein gutes Wort und kein Lächeln geschenkt. Zu jeder Zeit war da nur Hass und Furcht. Sie hatte ihm keine Chance gegeben. Natürlich musste es schwer für ihn gewesen sein, dass seine Maria befleckt und sogar mit einem Bangert in die Ehe ging. Er hatte sich deshalb sicher allerhand Häme und Spott gefallen lassen müssen. Er nahm die junge Maria trotzdem zu sich und baute mit ihr eine gemeinsame Zukunft auf. Fanni überlegte hin und her und hatte das Bedürfnis nach einem Gespräch, bevor es zu spät wär. Vielleicht könnte sie gleich am nächsten Tag noch ein paar Worte mit ihm reden, oder ihm zumindest zu verstehen geben, dass sie ihn nicht verachte.

***

Am nächsten Morgen erwachte Fanni durch die Geräusche im Nebenraum, wo der Vater auf seiner Bettstatt lag. Die Mutter war bei ihm und half bei der Morgentoilette. In einer Schüssel trug sie täglich warmes Wasser hinauf und wischte ihm mit einem Waschlappen das Gesicht und die Hände. Nach einiger Zeit hörte sie sie die Treppe hinuntergehen.

Fanni holte nochmal die Gedanken des Vorabends zurück. Ja, er tat ihr immer noch leid und sie wollte ihm noch immer aufmunternde Worte sagen. Sie bemerkte, wie ruhig und tief sie die vergangene Nacht geschlafen hatte. Sie fühlte sich frisch. Gute Gedanken machen ein leichtes Herz! Und Vergebung befreit die bedrängte Seele!

Durch die Holzwand hindurch hörte sie plötzlich lautes Husten und ein Scheppern auf dem Fußboden. Schnell hüpfte sie aus ihrem Bett und eilte barfuß und im Nachthemd hinüber. Als sie die Tür aufstieß, schob sie das Teehaferl zur Seite, das ihrem Vater wohl aus der Hand gefallen war. Sein Kopf war rot angelaufen und er hustete als würde er keine Luft mehr bekommen. Er hatte sich beim Trinken verschluckt. Hilflos sog er laut pfeifend die Luft in seine Lungen und prustete schmerzhaft. Fanni sprang zu ihm und fasste ihn an Schulter und Arm. Sie zog ihn hoch und klopfte ihm auf den Rücken. Wie dünn er geworden war! Früher war er zwar auch nicht beleibt, aber ein fester, muskulöser Mann. Noch ein paarmal keuchte er heiser. Als sich der Hustenanfall gelöst hatte, ließ sie ihn langsam wieder ins Kissen zurücksinken. Für einen Moment blickte sie ihm in die trüben, eingefallenen

Augen. Mitleidig griff sie nach dem Waschlappen am Bettkasten und wischte ihm den Speichel von den grauen Bartstoppeln. Seit Tagen hatte er kein Rasiermesser mehr gesehen.

Das Gespräch zu beginnen war so schwer, doch es war ihr Herzenswunsch. Sie musste mit ihm reden, bevor es zu spät war.

„Soll ich dir einen neuen Tee bringen?", brachte sie schließlich hervor. „Einen Kamillentee gegen deine Entzündungen?"

„Einen Salztee lieber, dass es mit den Schmerzen leichter wird!", erwiderte er mit tonloser Stimme.

„Ja Vater, ich hol dir gleich was."

Sie hob den Emaillebecher auf, blickte noch einmal auf den Patienten zurück und ging dann hinab in die Küche, wo Maria, ihre Mutter, eine Suppe für die Kinder zubereitete.

„Der Vater will einen Salztee trinken. Ich glaub, er hat starke Schmerzen. Hat er seine Medizin schon genommen?"

„Ja, Kind. Die Tropfen gegen die Schmerzen hat er schon. Ich darf sie ihm nicht zu oft bringen, hat der Doktor gesagt, sonst helfen sie bald gar nicht mehr. Aber Salz ist schon auch hilfreich."

„Und der Schnaps? Darf ich ihm einen mit hinaufnehmen?"

„Mei, am Nachmittag geb ich immer vom Apfelschnaps, aber ob das jetzt schon gut für ihn ist?"

„Ich glaub, dass bald alles erlaubt ist, was noch ein bisschen Linderung bringen kann."

Fanni rührte zwei gehäufte Löffel Salz in einen warmen Kräutertee, bis es sich aufgelöst hatte. Dann ging sie hinüber zum Geschirrkasten, wo immer eine Flasche vom billigen Apfelschnaps stand. Sie schenkte einen halben Becher davon ein und trug beides nach oben. Als sie eintrat, sah sie, dass ihr Vater eingeschlafen war. Leise stellte sie die Becher auf den Nachtkasten und setzte sich auf den Stuhl neben dem Bett. Eine Zeitlang beobachtete sie die ruhigen Atemzüge. Jetzt erst, wenn die Lider geschlossen waren, sah sie, wie tief seine Augen in den Schädelhöhlen lagen. Wie sehr er gealtert war!

Plötzlich öffnete er die Augen.

„Ich hab gedacht, du wärst wieder eingeschlafen."

„Nein, Dirndl", brachte er schwach hervor. „Hast den Salztee dabei?"

Sie nahm die beiden Becher vom Nachtkasten und zeigte sie fragend.

„Was magst denn zuerst trinken, Vater? Den Salztee hab ich und einen Schnaps."

„Gib mir zuerst den Schnaps, der hilft mir."

„Warte, ich helfe dir auf zum Trinken!"

Sie stellte nochmal ab und griff nach den Kissen, die auf der anderen Seite des Doppelbettes lagen.

Als sie zum Anpacken vor ihrem Vater stand, streckte er ihr zitternd mit abgewinkelten Armen die Hände entgegen. Bei diesem Anblick schossen ihr die Tränen in die Augen. Wie hilflos er doch war am Ende seines Erdenweges. Früher hatte er sich nach ihr gestreckt um sie zu packen, sie zu schütteln oder ihr eine Ohrfeige zu geben. Jetzt war er schwach wie ein Kind. Sie nahm seine Hände und zog ihn mit gesenktem Blick hoch, stopfte ihm die Kissen in den Rücken, damit er sich anlehnen konnte, und reichte ihm den Becher mit Apfelbrand. Er fasste ihn und führte ihn mit beiden Händen zum Mund, trank den ganzen Becher leer.

In Fannis Kopf schwirrten Gedanken. Jetzt war der richtige Zeitpunkt, ihrem Vater die versöhnlichen Worte zu sagen. Aber wie? Aber was?
„Ich danke dir, Fannerl!"
„Den Tee musst du aber schon auch noch trinken, nicht nur den Schnaps, gell!", sagte sie mit einem Zwinkern.
Er lächelte ein wenig und ließ die Hände wieder auf das Bett fallen.
„Ich glaub Fanni, dass es nimmer lang geht mit mir. Ich möcht dich noch um etwas bitten: Mach der Mutter keinen Kummer, wenn ich nicht mehr bin!"
„Nein Vater, du musst dich nicht sorgen. Das mit den Dummheiten ist doch längst vorbei."
Eine Zeitlang schwieg sie, dann knüpfte sie nochmal an die Bitte des Vaters an.
„Ich weiß schon, dass ich euch oft Sorgen gebracht habe, aber ich kann es doch nimmer ungeschehen machen. Was geschehen ist, ist vorbei, ich hab alles hinter mir gelassen, ich versprech dirs! Die Mutter soll sich nicht grämen müssen. Wir schaffen das schon. Und der Sepperl und die Annerl sind jetzt schon so groß, die zwei helfen fleißig bei all der Arbeit."
Nach einer kleinen Pause fand Fanni dann die rechten Worte: „Noch etwas, Vater, das ich schon viele Tage mit mir rumtrage, möchte ich dir jetzt sagen, weil ich nicht im Unfrieden … du weißt schon. Wir haben so viel Streit gehabt, all die Jahre. Und es ist gewiss unsinnig darüber nachzudenken, wer im Recht war, oder wer einen Anstoß gegeben hat. Ich möcht dir sagen, dass mir vieles leidtut. Ich möchte dir auch sagen, dass mir viel Schlechtes

widerfahren ist, für das ich lange Zeit Hass im Herzen getragen habe. Aber das ist jetzt nimmer wichtig. Ich trag dir nichts nach, Vater. Ich möcht auch über nichts mehr lange reden, es ist ausgelöscht. Wenn es bei dir wirklich dem Ende zugeht, dann möchte ich für dich noch da sein können, wie es sich für eine Tochter gehört."

Der Vater vergrub das Gesicht in seinen knöchrigen Händen und begann zu weinen. Fanni fragte sich, ob der Alte wohl auch sein Empfinden in Worte fassen würde. Er zog unter dem Kissen ein schmutziges Tuch hervor und schnäuzte sich. Er schnaufte laut, suchte Fannis Hand mit der seinen und nickte zustimmend.

„Ich kann nichts mehr recht machen, was in meinem Leben verkehrt gegangen ist. Dazu ist es jetzt zu spät. Ich weiß nicht, was kommen wird, aber zum Büßen hab ich einmal genug. Wenn du mir nur den vielen Zorn vergeben magst, Fanni, das wär mir das Schönste, was ich noch erleben könnte!"

Auch Fanni schluchzte und antwortete: „Mach dir keine Sorgen, ich bin dir längst gut!"

Nach einem kurzen Innehalten meinte sie: „Weißt du was, Vater, jetzt beten wir zusammen."

Endlich war es geschafft. Die Erleichterung war riesengroß. Fanni fragte sich, ob es denn ein solches Schicksal braucht, damit man zueinander finden kann. Zusammen sprachen sie das ‚Vater unser' und ‚Gegrüßt seist du Maria', dann bettete sie den erschöpften Patienten zurück auf das Kopfkissen und verließ die Kammer. Simon Erlmayer starb schon wenige Tage später. Eine große Trauer verspürte Fanni nicht, aber sie hatte Frieden geschlossen mit dem Menschen, der ihr das ganze Leben ein Tyrann gewesen war.

***

In ihrer Kammer ist es dunkel. Sie liegt und wartet auf den süßen Schlaf, weil sie schon so müde ist. Sie ist so müde, dass sie sich in ihrem Bett nicht mehr bewegen kann. Die Arme und Beine sind ihr schwer wie Blei und drücken sich in den Strohsack. Auch den Kopf kann sie nicht mehr heben. Der Wind weht pfeifend und rüttelt ein wenig am Fenster. Nicht nur draußen, auch in ihrer Kammer streicht er ihr über die Haut. Ein seltsamer Wind, der ab und an Funken durch die Dunkelheit tanzen lässt. Wenn sie es doch schafft, den Kopf zu heben, dann raubt ihr dieser Sturm die Atemluft. Sie schnappt und versucht den Wind mit dem Mund einzufangen, aber er bläst hinweg, ohne ihre Lungen zu füllen. Dann plötzlich sieht sie ausgestreckte Hände auf sich zukommen. Drohende Hände, die ihr die Kehle zudrücken wollen. Sie kann das Gesicht nicht erkennen. Es ist ja so dunkel. Trotz der Schwere schafft sie es, sich aus dem Bett gleiten zu lassen. Sie liegt auf den schwarzbraunen Brettern. Zuerst kann sie sich unter dem Bett verstecken, aber die schwarzen Hände haben das Versteck entdeckt. Mit ihren Füßen tritt sie nach ihnen, dann sieht sie ihre Rettung nur noch durch das Fenster möglich. Der Sprung gelingt, doch der Mörder ist ihr wieder auf den Fersen. Wie auf einer Jagd treibt er sie weiter und schließlich in die Enge. Im Stall ist sie gefangen. Er packt sie am Haarzopf. Sie sticht mit einer Schere auf ihren Verfolger. Sie trifft. Sie sticht ihn wieder, aber den Haarzopf lässt er nicht los. Fanni trennt mit einem kräftigen Schnitt die Haare ab und entkommt ins Freie.

Wieder im Haus stürmt sie die Treppe zu ihrer Kammer hinauf, springt ins Bett und versteckt sich unter der Bettdecke. Kalte Hände fahren unter die Decke und legen sich um ihren Hals. Sie sind wieder da und diesmal kann sie sich nicht wieder retten. Sie kann sie nicht abwehren. Sie stößt die Decke weg und blickt in das Gesicht ihres Mörders. Im Schein der glühenden Windfunken kann sie es erkennen. Es ist ihre Mutter, die versucht, sie zu ersticken.

Fanni schrie und fuhr hoch, erwachte endlich und fand sich schweißgebadet, als hätte sie die wilde Jagd nicht nur geträumt, sondern tatsächlich rennen müssen.
Wieder und wieder träumte sie dieses Rennen und Ersticken, das ihren Geist nicht zur Ruhe kommen ließ. Es verfolgte sie viele Nächte.

***

Fanni spitzte die Ohren, als sie plötzlich aus der Ferne das geheime Zeichen hörte. Das helle Klopfen der Fichtenschlegel wiederhallte in dem Waldkessel rund um die Schabinger Bauernhöfe.
Die junge schlanke Frau, die ihre blonden glatten Haare unter einem weißen Kopftuch trug, war gerade dabei, in der kühlen Speisekammer Milch zu verarbeiten.
Von mehreren braunen Steinzeugschüsseln, den sogenannten Waidlingen, die mit Milch gefüllt waren, schöpfte sie den Rahm, der sich als schwimmende Haut abgesetzt hatte, in ein Butterfass.
Wieder vernahm sie das Klopfen durchs kleine offene Fenster. Kein Zweifel! Einer ihrer wilden Freunde war dort draußen und

wartete am Treffpunkt der Matzöder Räuber, um ihr etwas mitzuteilen. Oben im Schabinger Holz waren zwei abgerindete Holzschlegel versteckt, die immer dann, wenn es am Kalten Brunn, dem Räuberversteck, etwas zu bereden gab, kräftig und schnell viermal hintereinander geschlagen wurden. Im Minutentakt ertönte das Zeichen. Es musste etwas passiert sein. Matzeder konnte nicht droben sein, der saß seit langer Zeit in der Fronfeste in Straubing. Sie überlegte kurz, zu welcher Arbeit sie rasch in den Wald hinauflaufen konnte. Bald beendete sie ihr Rahmschöpfen, ging mit einem kleinen Weidenkorb hinaus in den Flur und schlüpfte in ihre Holzschuhe. Die Brombeeren standen jetzt in der Blüte und so wollte sie Blätter und Blüten zur Teebereitung sammeln. Verhalten rief sie kurz nach ihrer Mutter und als keine Antwort kam, trat sie schnell aus der Haustür.

Über die Wiese ging sie die nur 300 Meter nach Süden hinauf zum Waldrand, zupfte eilig Brombeerblätter, ein Büschel Taubnesseln, sah sich noch einmal nach der Hofstelle um und verschwand auf den Pfad, der hinabführte zum Kalten Brunn. Sie hörte einen aufgescheuchten Fasan schreien und hielt kurz inne. Ihr Herz pochte. Als sie sich der Stelle näherte, von wo man die Waldsenke, in der ein kleiner Bach floss, einsehen konnte, verlangsamte sie ihren Schritt und versuchte möglichst leise aufzutreten. Von oben sah sie den Mann, der ihr den Rücken zuwandte und sich hingekniet hatte, um aus der Quelle Wasser zu trinken. Noch einen Moment blieb sie stehen und wartete, dann ging sie zögernd weiter. Als ein Ast unter ihrem Schuh knackte, fuhr der Mann herum und sie erkannte Unertl. Franz Unertl war ungefähr in ihrem Alter und ein Jugendfreund von Franz Matzeder. Er stammte aus dem kleinen Einödhof Stadel. Fanni eilte nun neugierig den Waldhang hinunter.

„Was ist denn passiert?", fragte sie außer Atem.

Unertl senkte den Blick und sagte ernst: „Es ist aus - der Matzeder wird hingerichtet."

Sie riss erschrocken die Augen auf und hielt sich die Hand vor den Mund. Nach allem, was zwischen ihr und Franz Matzeder gewesen war, tat er ihr doch sehr leid. Sie hatte gehofft, dass diesem wilden und starken Mann eines Tages die Flucht gelingen könnte. Tränen stiegen ihr in die Augen und sie fühlte eine Enge in ihrer Brust, als zöge sich eine Schlinge um ihr junges Herz, das für einige Zeit Matzeder gehört hatte. Es war eine geheime und verbotene Liebe gewesen. Außer den Matzeder-Kameraden blieb die Beziehung im Dorf verborgen.

„Was sagst du denn da? Das ist doch nicht wahr?"

„Doch, leider ist es wahr. In Simbach hängen am Rathaus und an der Kirchentür Zettel vom Gericht. Am 23. Juni sollen Matzeder und Reiter umgebracht werden. Heut früh war der Harlander bei mir - der hat es auch schon gewusst."

„Der Harlander war da? Der soll sich ja nicht blicken lassen! Wo ist er denn jetzt?"

„Er kommt übermorgen nochmal hierher. Er sagt, er möchte was unternehmen, aber einen genauen Plan hat er noch nicht."

„Mein Gott, was kann man denn da noch unternehmen?"

„Ich hab es auch gesagt: Ein Depp ist er, wenn er meint, er könnte den Matzeder aus dem Straubinger Arrest rausholen. Den können wir schon lang vergessen."

„Und du bist ein Hosenscheißer!", schimpfte Fanni wütend, „Kann schon sein, dass es jetzt zu spät ist. Der Gustl hätte ihn da rausgeholt, aber mit dem ist es auch aus. Der ist viermal ausgebrochen und hat sich nichts geschissen vor den Soldaten."
„Rede doch nicht so einen Schmarrn. Wo ist denn der Gustl Klingsohr schon ausgebrochen? In Eggenfelden, ja. Aber aus der Fronfeste in Straubing ist noch keiner ausgebüchst. Da bräuchte man gewiss zwanzig Mann, um etwas zu reißen!"
„Ein einziger mit dem richtigen Mut würde reichen!"
Unertl winkte ab. Es war unmöglich. Mit seinem alten Räuberkumpel Harlander hatte er bereits lange darüber debattiert und viele Möglichkeiten durchdacht. Die Zellen der Räuber waren mehrfach verschlossen und sicher streng bewacht. Sie würden nicht einmal unbemerkt auf den Hof der Fronfeste kommen. Durch die Fenster ging es auch nicht, da diese sehr klein gemauert waren, außerdem wussten sie gar nicht, in welchem dunklen Winkel des Gemäuers die Freunde zu finden wären. Ein großes Feuer zu legen und im Tumult der Löscharbeiten einzudringen und nach Matzeder zu suchen, schien ihnen die beste Idee zu sein, aber dazu brauchte man mehrere mutige Männer.
Er musste sich eingestehen, dass er tatsächlich die Hose voll hatte und für eine solch waghalsige Aktion keinen Finger rühren würde. Matzeder war verloren, aber nicht erst jetzt, sondern vom ersten Tag unter Gewahrsam des Eisenmeisters.
Fanni nahm ihren Korb und machte sich traurig auf den Rückweg.
„Kommst du übermorgen nochmal her?"
„Wenn ich aus kann, dann komm ich."

***

Die Hinrichtung des berüchtigten Anführers der Simbacher Räuber, Franz Matzeder, zusammen mit seinem engsten Vertrauten Franz Reiter war ein riesiges Spektakel in der Gäubodenstadt Straubing. Ein Fremder, der in die Stadt kam, konnte den Eindruck bekommen, es würde eine große Kirchweih gefeiert. Aus dem weiten Umland reisten die Leute auf Kutschen, Fuhrwerken oder kamen mit Flößen die Donau herab. Schon Tage vorher füllten sich die Gasthäuser, und bei reichlich Bier wurden hitzige Diskussionen geführt. Nicht wenige prophezeiten den Ausbruch der beiden Räuber oder gar einen Aufstand gegen die Staatsgewalt in letzter Minute. Es hieß, dass sich die übrige Räuberbande in der Stadt versteckt hielt.

Wieviel besser wusste es Fanni, die mit einigen Umtriebigen ebenfalls die lange Reise in Kauf genommen hatte und nun am Vorabend in einer Wirtschaft ein Abendbrot einnahm. Von der gefürchteten Räuberbande waren nicht mehr viele übrig und an eine Befreiung war gar nicht zu denken. Das Feiern, das Anstoßen und Witzereißen auf den verurteilten Matzeder verfolgte sie bitter. Alle wollten sie jetzt mitschnattern und ihn in den Schmutz ziehen. Als er noch ein freier Mann war, da hätten sie gezittert und sich in die Hose geschissen, wenn er ihnen gegenübergestanden wäre. Bis tief in die Nacht blieben Fanni und ihre Begleiter beim Bier und beobachteten, wie die Gäste mehr und mehr im Rausch versanken. Auf dem Nachhauseweg konnten sie deshalb einem Volltrunkenen ohne Mühen und Grobheiten einige Gulden und eine Uhr abnehmen. Unertl hatte bei Bekannten einen Schlafplatz in einem Schuppen organisiert. Bequem war das nicht, aber dafür brauchten sie nichts bezahlen. Auf Rossdecken verbrachten sie die Nacht.

Am nächsten Tag fanden sie an der Jakobskirche eine größere Menschenmenge versammelt. Hier also sollte der Henkerszug vorbeikommen, bevor es hinunter ging auf den Hagen, den Richtplatz. Um nicht aufzufallen, trennte sich Fanni von ihren Begleitern und stellte sich zu der Menge auf dem Kirchplatz. Nach einiger Zeit wurde es unruhig. Viele Stimmen riefen durcheinander, denn endlich kam der Zug vom Stadtplatz aus in Bewegung. Die Spitze führten berittenen Soldaten der Bürgerwehr an, anschließend eine Abteilung Jäger, dann die beiden Armesünderkarren, eskortiert von einer Reihe von Liniensoldaten. Vorne auf dem Bock saß der Fuhrmann, dahinter seitwärts der Henkersknecht, in der Mitte schließlich Matzeder und daneben Kooperator Aigner, der ihm die letzten drei Tage zur Seite war. Dahinter saßen noch zwei Soldaten und ein weiterer Geistlicher. Die Hufeisen der Rösser und die Eisenreifen an den Holzrädern der Wägen klapperten laut auf den Pflastersteinen der Stadtstraße. Unglaublich viele Menschen säumten nun den Weg. Mit schmerzlicher Scham ertrug sie den Rausch und die Feierstimmung der Schaulustigen. Als die Wagen vorbeifuhren, streckte sie sich über die Köpfe einiger alter Weiber und rief seinen Namen, doch ihre Stimme konnte ihren Franz in diesem Exzess aus Hohn und Todesgeilheit nicht erreichen. Dieser Pöbel konnte es kaum erwarten, das Blut von Menschen fließen und Köpfe rollen zu sehen. Was für ein Auflauf! Der ganze Gäuboden schien auf den Beinen zu sein. Matzeder wirkte trotz allem gefasst und irgendwie neugierig auf das, was kommen würde. Er griff immer wieder in einen Beutel und holte sich einen Rest Kirschen heraus, die er sich als Henkersmahlzeit am Vortag hatte bringen lassen. Er aß die süßen Früchte und versuchte, die Kerne den Gaffern herausfordernd ins Gesicht zu spucken. Die Reaktionen waren ganz unterschiedlich. Einige beschimpften ihn, andere suchten die Kerne zu sammeln, galt doch alles, was mit den Todeskandidaten im Zusammenhang stand, nach altem mit heidnischen Bräuchen durchsetztem Volksglauben, als heilig und wirksam gegen böse Geister. Matzeder schien seinen Spaß daran zu haben.

Am Hagen, dem großen Platz südlich des Flusslaufs der Donau, hatte man für die Hinrichtung ein etwa drei Meter hohes Podest aus Holzbohlen und Brettern aufgebaut. Möglichst viele Leute sollten den abschreckenden Todesstreich mit ansehen können. Zuerst wurde Franz Reiter zum Scharfrichter hinaufgeführt. Reiter heulte und flehte, als meinte er, er könne noch immer sein Schicksal abwenden. Unter großem Gejammer sprach er zusammen mit dem Pfarrer ein letztes Gebet. Es dauerte nur wenige Minuten und Reiters Kopf rollte über den mit Sägemehl aufgestreuten Boden. Fanni vernahm entsetztes Raunen, aber auch zustimmende Rufe. Dann war Matzeder dran, der noch unter scharfer Bewachung auf dem Karren wartete. Zwei Soldaten packten ihn und stießen ihn hinunter. Seine Beine waren nicht mehr in der Lage, das Gewicht aufzufangen. Sein Körper hatte in den Jahren der Kerkerhaft alle Kraft verloren und er stolperte mit den kurz zusammengeketteten Beinen, flog nach vorn und landete mit dem Gesicht im Dreck. Die Soldaten zogen ihn lachend hoch, stießen

ihn auf die schmale Treppe und drängten mit ihm nach oben. Die Geistlichen, der Protokollführer, Soldaten und der Scharfrichter mit Gehilfen standen schon bereit. Der Protokollführer erhob die Stimme zu einer kurzen Ansprache. Der Pfarrer trat auf Matzeder zu und hob ein Kruzifix auf seine Gesichtshöhe, damit er es küssen sollte. Matzeder blickte auf das Kruzifix, dann in das Gesicht des Pfarrers, wandte sich zuerst schweigend ab, dann jedoch machte er plötzlich einen Satz nach vorn und schrie in die Menge: „Mein Blut soll über euch kommen!"
Die Menge erschrak sehr und zwei, drei Frauen aus den ersten Reihen fielen vor Entsetzen in Ohnmacht.
Es gab einen großen Tumult, viele schrien laut und provozierten ihn mit Beschimpfungen und Hohn. Bevor der Scharfrichter seines Amtes waltete, war es Sitte, dass der Delinquent an den vorderen Rand der Hinrichtungsbühne trat, um für das Urteil zu danken und bedauernde und mahnende Worte an die Zuschauer zu richten. Der Pfarrer wies ihn nochmals scharf an, diesen letzten Akt in Würde und christlicher Demut zu erledigen. Matzeder trat also vor. Augenblicklich wurde es nochmal still. Mit seinem gefürchteten harten Blick, die Augen böse zusammengekniffen und die Lippen zu einem dünnen Strich gepresst, schaute er langsam über die Köpfe auf dem Platz.
Jeder, den sein Blick traf, senkte den Kopf und konnte dem Blickkontakt nicht standhalten. Sein Leben war am Ende angelangt. All diese Elenden würden in diesen Minuten sein Sterben sehen und dann wieder nach Hause gehen - das ärgerte ihn. Doch einen reumütigen Matzeder sollten sie nicht erleben, dafür war sein Stolz zu groß. Er holte tief Luft. Anstatt Angst oder Trauer auszu-

drücken, grinste er selbstgefällig und schrie frevelhaft:
„Wer mir einen Brief an den Deifi mitgebn will, der soll ihn gleich hergebn - in fünf Minuten bin i unt!"
Mancher Zuschauer vernahm die Worte mit Schaudern. Ohne länger auf die Reaktionen zu achten, drehte sich Matzeder um und ging zurück zum Holzblock, wo der Scharfrichter wartete. Noch eine Gelegenheit fand er, seine Kaltschnäuzigkeit unter Beweis zu stellen. Bevor er sein Haupt auf den Block legte, strich er sich links und rechts den langen Bart über die Wangen zurecht und zwirbelte die Enden. Das Armesünderglöcklein erhob sein klägliches, helles Gewimmer. Ohne ein weiteres Wort kniete der Räuber nieder und schon zischte das Schwert des Scharfrichters auf ihn nieder und trennte mit einem gekonnten Hieb den Kopf ab.
Um Fanni herum erhob sich wieder der Lärm der Menge. Fäuste und Gehstöcke reckten sich gen Himmel. Es wurde geklatscht und gejubelt, während ihr unter stimmlosem Weinen die Tränen die Wangen herunterliefen.
Dann trat der Geistliche, Kooperator Aigner, nach vorne und brachte mit erhobenen Händen die Menschen zum Schweigen. Mit lauter Stimme sprach er seine Predigt:

[Die folgenden Auszüge stammen aus der Originalpredigt, die bei der Hinrichtung am 23. Juni 1851 gesprochen wurden.]

„Menschenblut, und wieder Menschenblut ist soeben vergossen worden und zur Erde niedergeronnen. Das Leben zweier Menschen, armer Sünder, hat soeben verbluten müssen. Das Schwert der Gerechtigkeit hat sich gegen sie erhoben und unaufhaltsam den Todesstreich geführt und entseelt liegen ihre blutenden Leichen vor unseren Augen. Keine, auch nicht die eifrigste Verteidigung, konnte das harte Urteil aufhalten oder umändern helfen; kein Gerichtshof konnte auf Strafmilderung bewogen werden, selbst das milde Herz des Königlichen Landesvaters konnte zur Begnadigung keinen Grund finden. Sie sind verurteilt, zum Tode verurteilt, ohne Gnade verurteilt und gerichtet worden. Wer von uns trägt ein fühlendes Herz im Leibe und sollte dieses Urteil nicht hart, nicht traurig nennen?"

Der kennt seine Straubinger Bürger aber schlecht. Ein Volksfest ist es für sie, wenn sie zuschauen können, wie Menschenleben ausgelöscht werden! Mitfühlende Herzen kann ich leider keine erkennen, ganz im Gegenteil! Verstockte, versteinerte und hasserfüllte Herzen sinds.

„Wer hätte das Blut dieser armen Sünder fließen sehen, ohne tiefe Wehmut und herzliches Mitleid zu empfinden? Sind sie ja Menschen gewesen, unglückliche Menschen!", fuhr der Gottesmann fort.

Ja, auch der Matzeder war ein Mensch, ein Gejagter, der sich nach Gerechtigkeit sehnte und nichts im Sinn hatte, außer seinen Hunger zu stillen. Er war mir ein guter Kamerad! Vielleicht kein unglücklicher Mensch, solange er in Freiheit tun und lassen konnte, was er wollte. Ein stolzer Mensch allemal.

„Menschen, die umso mehr auf Mitleid und Teilnahme eines

Christenherzens Anspruch haben, je unglücklicher sie geworden, je tiefer sie gefallen sind; Menschen, welche so groß und viel auch ihre Sünden und Verbrechen gewesen sein mögen, dennoch die Gnade und Barmherzigkeit unseres Gottes nicht verwirkt hatten, denn, so sagt der heilige Weltapostel:
Wo aber die Sünde übergroß wurde, ist die Gnade Gottes noch größer geworden."

Kann dieses Wort wahr sein, das der Pfarrer spricht? Kann das möglich sein, dass Franz die Gnade Gottes nicht verspielt hat?

Fanni konnte den Worten nicht länger folgen, denn noch immer hing sie an der Zusage der Gnade.

Die beiden haben gemordet! Kann es sein, dass trotzdem Vergebung möglich ist?

Fanni spürte, wie ihr Herz pochte und ihr eine Gänshaut lief.
„… wirkte in seinem Denken und Tun ein Geist unmenschlicher Grausamkeit und Verworfenheit, der nicht vom Himmel, nicht von der Erde sein kann, sondern der Hölle entstiegen sein muss. So groß war die Bosheit, so übergroß die Sünde geworden. Was kann noch größer sein, was kann ein solches Ungeheuer noch übertreffen? Ich weiß es nicht, ich kann mir kaum etwas Ähnliches denken. Aber der heilige Paulus nennt uns etwas noch Größeres, er bezeichnet es ganz bestimmt, wenn er schreibt:
Wo aber die Sünde übergroß wurde, ist die Gnade noch größer geworden! Wir müssen emporblicken, zum Kreuze unseres Erlö-

sers, Jesus Christus. Dort ist unsere Hoffnung aufgerichtet, Hoffnung auf Gnade, größer als die größte Sündenschuld - sich erstreckend über die Sünden aller Menschen, die danach Verlangen tragen."

Fanni schlug die Hände vors Gesicht und weinte. Noch nie hatte sie jemanden so trostreich reden hören. Es folgten viele Gedanken, nein Worte Gottes, aus der heiligen Bibel zitiert, die eine Gesetzmäßigkeit der Gnade herbeiführen wollten. Sie drängte sich zwischen den Schaulustigen hindurch. Schritt für Schritt, bis sie plötzlich in der ersten Reihe stand und mit offenem Mund zuhörte.
Die Worte des Pfarrers trafen Fanni so sehr ins Herz und stellten ihren eigenen Glauben auf den Kopf. Sie hatte bisher eine ganz andere Vorstellung von der Gnade Gottes und der Vergebung der Schuld. Die Räuber waren schließlich vieler Todsünden überführt. Umso mehr sie die Worte verstand, desto stärker rebellierte Fanni gegen den Todesstreich. Wenn Gott vergeben kann, warum dann nicht der Richter?
Als die Predigt geendet hatte, legten die Henkersknechte die Leichname von Reiter und Matzeder in Holzkisten, verluden sie auf die Gespanne und fuhren unter Begleitung der Gendarmerie weg.
Fanni war noch immer sehr bewegt und während sich die meisten Leute schnell wieder zerstreuten, hing sie mit den Augen immer noch an dem Prediger. Er hatte etwas in ihr wachgerüttelt, was sie so oft verdrängt hatte, aber im Unterbewusstsein wie ein Mühlstein an ihrer Seele hing. Es ging plötzlich nicht mehr

um die Vergebung für ihren Freund Matzeder, sondern um ihre eigene Schuld. Wenn sogar das vielfache Morden und Rauben auf Gnade vor dem Herrn hoffen konnte, dann gab es auch für sie Hoffnung.
Sie musste unbedingt mit dem Pfarrer sprechen. Sie folgte ihm schließlich und konnte ihn in der Gasse, die zur Stadt hinaufführte, ansprechen. Am Nachmittag sollte sie zu ihm ins Klostergebäude kommen, wenn es denn unbedingt sein müsse. Schließlich nahm sich der Kooperator dann lange Zeit und erklärte ihr seine Predigt, die als kleines Büchlein fortan in einer straubinger Buchhandlung zu erwerben war. Ein Exemplar schenkte er ihr.
Er las ihr nochmal einige Stellen vor und versuchte, den Sinn weiter zu vereinfachen, denn er erkannte die Herzensnöte der jungen Frau.
„Vergebung ist auch den allergrößten Sündern versprochen, weil Gott gar nicht unterscheidet, wie groß die Schuld angewachsen ist. Der Lohn der Sünde, so heißt es in der Heiligen Schrift, ist der Tod, und Christus selbst stellte den Mörder und denjenigen, der Zorn gegen seinen Bruder hegte, auf die gleiche Stufe. Ebenso den Ehebrecher mit dem, der nach der Frau seines Bruders begehrt."
Fanni konnte ihre Tränen nicht zurückhalten. Es musste aus ihr heraus. In dem Kooperator hatte sie einen Mann gefunden, dem sie ihr Herz ausschütten konnte. Ja, sie hatte ein unendlich großes Verbrechen begangen und keine Ruhe mehr finden können. Sie erinnerte sich an die Alpträume, in denen sie von der Mutter erstickt wurde. Aigner reichte ihr ein Taschentuch und versuchte, sie zu beruhigen. Auch sie dürfe Gottes Barmherzigkeit in An-

spruch nehmen, versicherte er. Er bat sie, ihr Herz auszuschütten und ihm ihre Vergehen zu beichten. Es gab nur eine Sache, die sie in ihrem Innersten wirklich belastete. Nur eine große Sünde, die sie dem Pfarrer in Simbach nicht hatte nennen können und die zentnerschwer an ihrem Herzen hing. Heute würde sie es wagen.
Sie erzählte unter Tränen dem Kooperator ihr ganzes Leben. Wie sie unter ihrem Stiefvater gelitten hatte, die Armut und Ausgrenzung, die Beziehung zu Matzeder, ihre Schwangerschaft und … und dass ihr Kind noch leben könnte!
Kooperator Aigner hatte die Augen geschlossen und stützte mit der Hand die Stirn. Nachdem Fanni ihre Erzählung beendet hatte und sich die Nase wischte, verharrte der Geistliche endlos lange Minuten in Schweigen und stillem Gebet, das nur an der Bewegung seiner Lippen zu erkennen war.
Wie gut war es doch, dass sie den Weg hierher gefunden hatte. Wie gut, dass sie den Mut gefunden hatte, Buße zu tun und ihre Schuld zu bekennen. Eins fehlte jedoch noch: Sie musste ihre Schuld dem übergeben, der allein an ihrer statt bezahlen konnte. Sie musste den Herrn Jesus Christus als ihren Erlöser annehmen.
Lange noch beteten und sprachen sie miteinander.

***

Das Wirtschaften auf dem Erlmayerhof war schwer. Zwei Frauen und fünf Kinder. Aber Fanni kam mit einem mutigen Herzen und Zuversicht von der grausigen Hinrichtung in Straubing nach Hause.

In den Zeiten, als Simon krank war, hatten Fanni und ihre Mutter notgedrungen die harte Männerarbeit lernen müssen. So führten sie den übermütigen Ochsen über den Acker, sie mähten das Korn in der Sommerhitze, droschen die Ähren mit den Dreschflegeln, machten Brennholz, nachdem ein Nachbar ihnen die Bäume geschlagen hatte. Das neunjährige Annerl und der zwölfjährige Sepperl mussten sich derweil um die drei Kleinen kümmern.

Sie begannen jeden Morgen mit der täglichen Bitte um Gottes Segen. Mit der Bitte um Kraft für die körperliche Arbeit, um Gesundheit, um Wettersegen, damit der Samen reiche Frucht ausbilden möge, um die Bewahrung vor allem Bösen, das die gute Arbeit vernichten könne. Und sie schlossen jeden Tag mit dem Dank, dass Gott ihr Tagwerk hatte gelingen lassen und dass etwas zum Essen auf dem Tisch stand, auch wenn es wenig war.

Im Herbst des Jahres 1851 ging Fanni in der Furche hinter dem Ochsen. Ein ungewöhnlich schwüler Septembertag, an dem Mücken und Bremsen das Ackertier und die junge Frau quälten. Der lange Weiberkittel schützte die Beine vor den Bissattacken. Sie hätte mit dieser schweren Arbeit noch ein paar Tage warten sollen, vielleicht wär dann eine Herbstkühle gekommen. Furche für Furche zog sie mit dem geduldigen Tier und verlor sich in ihren Gedanken. Plötzlich hörte sie vom Waldrand her eine Stimme nach ihr rufen. Eine Stimme, die sie erkannte. Im Schutz der großen Fichtenstämme stand Franz Unertl und winkte ihr zu.

„Was willst du?"

„Ich muss mit dir reden, komm herauf!"

„Nein, ich kann den Ochsen nicht zurücklassen, geh halt du her zu mir!"

Ohne anzuhalten, führte Fanni den Pflug weiter. Unertl lief zu ihr und ging neben ihr her.

„Du kennst doch den Haas und den Mittermaier und die anderen, mit denen sie unterwegs sind. Sie treiben sich derzeit bei uns in der Gegend herum und brauchen einen Unterschlupf. Ich hab sie auch schon versteckt, aber das ist zu gefährlich geworden, bei mir waren die Gendarmen schon auf dem Hof."

„Aha, und wie kann ich dir da helfen?"

„Das ist doch ganz einfach! Ich hab an dich gedacht, weil ich dir vertrauen kann und weil euer Hof doch so abgelegen ist. Und weil ich weiß, dass es bei euch eh immer eng ist im Beutel. Du! Wenn sich bei euch auf dem Strohboden manchmal ein paar Mann von der Haas-Bande verstecken dürfen, dann drücken sie dir großzügig einige Gulden ab. Das glaub mir: so schnell und einfach kannst du deiner Lebtag nicht mehr an Geld kommen!"

„Hm"

Verwirrt schüttelte sie langsam den Kopf, widersprach ihm aber nicht. Sie kannte Franz gut und auch die meisten aus der Haas-Bande ein wenig, die sich nach dem Ende der Matzöder Räuber hier herumtrieben. Bei diesem Angebot hatte sie eigentlich keine moralischen Bedenken. Mit einem Male schien ihr der Vorschlag sogar wie ein Geschenk des Himmels. Sie selbst musste dabei ja nichts Verbotenes tun. Ein paar Gulden konnte sie sehr gut gebrauchen, denn trotz der ganzen Plackerei auf dem Bauernhof blieb nichts übrig. Es musste ja keine Dauereinrichtung werden.

„Was sagst du dazu? Kann ich auf dich zählen?"

Sie überlegte nicht mehr lange und sagte zu. Schon in der darauffolgenden Woche kam Unertl abends mit vier Kameraden zu ihr auf das Anwesen geschlichen. Im Strohlager richteten sie sich für drei Tage ein. Fanni versorgte sie mit dem Nötigsten, das sie in Arnstorf besorgte. Geräucherter Speck, frisches Brot und Schnaps. Als sie sich verabschiedeten, ließen sie ein Bündel zurück, das sie ein anderes Mal mitnehmen wollten. Sie hatten bei ihrem Raubzug eine Menge an Geld und Wertsachen erbeutet und so steckten sie Fanni für Unterschlupf und Stillschweigen großzügig zehn Gulden zu. Sie konnte ihren plötzlichen Reichtum kaum fassen. Mit offenem Mund drehte sie die Geldstücke in ihren Händen und zählte sie immer wieder aufs Neue. Zehn Gulden! So viel Geld hatte sie nicht erwartet. Dafür musste eine gute Magd zwei Monate arbeiten! Sie war überglücklich, klimperte mit den Münzen in ihren Händen. Um diesen Reichtum zu feiern, wollte sie ein Festessen kochen. Fleisch holen vom Metzger und wieder einmal einen richtigen Braten zaubern, wie es ihn auch in guten Jahren höchstens an Kirchweih oder an Weihnachten gegeben hatte. Schon bei dem Gedanken lief ihr das Wasser im Mund zusammen. Doch worauf warten? Es war noch früh am Morgen. Warum sollte sie nicht auf der Stelle loslaufen? Ihre Mutter würde sich schon nicht gleich Sorgen machen. Sie überlegte kurz, dann lief sie hinüber ins Haus, schlüpfte in ihre Schuhe, nahm den Rucksack vom Haken und eilte los. Nicht nach Simbach - das schien ihr zu auffällig. Sie wollte sich nicht verdächtig machen, wo sie dort jede alte Dorftratsche kannte. An einfachen Werktagen waren bei den Kleinbauern Metzgereieinkäufe nicht auszudenken, deshalb schlug sie den Weg nach Arnstorf ein. Da musste sie zwar eine Stunde laufen, aber das machte ihr nichts aus. Mit drei Pfund

Wammerl vom Schweinebauch und zwei Pfund Ochsensuppenfleisch kam sie wieder zurück.

„Habe die Ehre, Bäuerin. Ich bin der fahrende Fleischhändler. Braucht ihr noch einen schönen Batzen Fleisch für den Mittagsbraten?", schrie sie übermütig, als sie ihre Mutter am Brunnen beim Wasserschöpfen antraf.

„Was ist denn mit dir los, bist du besoffen, oder was? Wo kommst denn du jetzt überhaupt her?"

„Ja, wenn ichs dir doch sage, Fleischhändlerin bin ich geworden. Geh schnell hinein in die Stube, dann zeig ich dir etwas Schönes!"

„Jetzt spinn net so! Aber hinein geh ich freilich, weil ich eine Suppe kochen muss."

Fanni war vorausgehüpft und hatte den Rucksack abgestellt. Als Maria mit dem Wassereimer hereinkam, nahm sie ihr die Last schnell ab, schob die etwas verwirrte Mutter zum Tisch und drückte sie auf einen Stuhl.

„Da setz dich gleich her, damit du mir nicht in Ohnmacht fallen kannst. Ich muss dir was zeigen. Wundern darfst du dich schon, aber nicht schimpfen! Ich erklär dir gleich, wo ich das herhabe."

Langsam zog sie die eingepackten Fleischstücke aus dem Rucksack und präsentierte sie schön aufgereiht auf der Tischplatte. Zu guter Letzt kam ein ganzer Ring duftender Leberwürste zum Vorschein, den Fanni der verdutzt dreinschauenden Mutter unter die Nase hielt. Umständlich erzählte sie von dem Angebot Unertls, vom Versteck im Schuppen, von dem die Mutter überhaupt nichts mitbekommen hatte, und dem vielen Geld. Maria war entsetzt und schlug die Hände über dem Kopf zusammen. Auf ihrem Grund und Boden waren Räuber zu Gast! Die Blauäugigkeit ihrer

Tochter konnte sie nicht teilen und sie erkannte sofort, dass sie nun beide in die Komplizenschaft von Verbrechern hineingezogen waren.

„Ja bist denn du von allen guten Geistern verlassen? Hast denn du noch nicht genug von den Banditen? Du hast doch sogar selber mit angesehen, wie sie dem Matzeder den Kopf runtergehauen haben. Du stürzt uns alle ins Unglück, wenn das jemand erfährt!", schimpfte die Bäuerin mit gedämpfter Stimme, als stünden die Gendarmen schon am Haus und könnten sie hören.

„Ich hab es so satt, dass wir uns den Buckel krummschuften, damit wir jeden Tag eine dünne Suppe löffeln können. Überleg doch, wann du deinen Kindern das letzte Mal wirklich was Gescheites hinstellen hast können! Nicht einmal du hast was gespannt, als die fünf Männer bei uns auf dem Heuboden waren, ja wie soll denn das dann sonst jemand erfahren? Ich bitte dich Mutter, lass es gut sein! Wir dürfen es halt den Kindern nicht sagen, damit sich keines verplappert. Aber wir zwei bringen uns doch nicht auf!"

Eine Weile debattierten sie noch weiter, bis die Mutter ihren Widerstand aufgab. Sie vereinbarten schließlich, dass sie die Räuber noch ein paarmal beherbergen, aber nicht leichtsinnig einen Verdacht auf sich lenken wollten. Der ungewöhnliche Festtagsschmaus sollte deshalb eine Ausnahme sein, dann umarmten sie sich und freuten sich über das Geld.

Während Fanni den Schweinebraten mit Salz einrieb und die Kartoffeln schälte, feuerte die Mutter den Ofen an. Die Kinder wunderten sich zwar, dass an diesem Tag das Essen nicht pünktlich zur Mittagszeit auf den Tisch kam, aber umso begeisterter waren sie in der Vorfreude auf den feinen Braten. Sie hockten um den Ofen, um jedes Mal beim Öffnen des Backofens einen Blick auf das große, knusprige Fleischstück zu werfen. Das ganze Haus roch herrlich nach Festtag.

***

Einige Male noch diente der Erlmayerhof als Ausgangspunkt der Haasräuber. Erst wenn es dunkel wurde, kamen sie vom Wald herunter und stiegen auf den Strohboden über dem Stall. Von hier zogen sie los, um auszukundschaften oder einzubrechen. An ihr Versprechen, sich nicht sehen zu lassen, hielten sie sich, wollten sie doch selbst nichts riskieren.
Einmal kam einer der Männer durch die Stadeltür, da hätte er doch versehentlich fast den kleinen Xaverl umgerannt, der ihn verdutzt anstarrte.
Geistesgegenwärtig sagte der Mann ruhig: „Sag deiner Mutter, ich hab den Ochsen angeschaut, aber ich mag ihn nicht kaufen. In Starzenberg hab ich einen kräftigeren gesehen. Nichts für ungut, gell. Pfiad di!"
Mit offenem Mund sah Xaverl dem Kerl nach, der Fersengeld gab und zum Hoftor hinauseilte.
Der kleine Bub lief rasch ins Haus, wo er die Mutter in der Küche beim Kneten des Brotteigs fand. Schwitzend blies sie sich eine Haarsträhne aus dem Gesicht, die ihr über die Augen hing. Sie schaute sich nach Xaverl um, als die Tür aufging.
„Mam, der Mann mag den Ochsen nicht kaufen!"

Irritiert zog Maria die Augenbrauen hoch. Sie konnte sich keinen Reim darauf machen.
Eines Morgens lief Xaverl vom Haus hinüber zum Klohäusl. Er musste dringend sein Geschäft verrichten. Als er die Tür aufriss, saß da auf dem Balken derselbe Mann. Erst glotzte er erschrocken, dann stieß er heraus: „Ich bin schon fertig, gleich darfst du herein - und sag deiner Mutter, ich hab heute eure Geißen angeschaut, aber die kauf ich auch nicht, die sind mir schon zu alt."
Er zog sich die Hosenträger über die Schultern und machte, dass er davonkam.
„Ich sag es ihr!"

***

Es war schon dunkel, als an diesem Abend plötzlich jemand an die Haustür klopfte. Die Kinder lagen längst in ihren Betten, nur Fanni und die Mutter saßen mit Flickzeug und einigen löchrigen Hemden und Socken in der Stube.
Sie erschraken über diesen ungewöhnlich späten Besuch.
„Wer kann das um diese Zeit sein?"
„Gewiss kein Schlechter", meinte Fanni, „ein Räuber klopft nicht an der Haustür."
„Gerade ein solcher wirds sein. Einer von deinen sauberen Freunden halt!", antwortete die Mutter missmutig.
Obwohl sie es geschehen hatte lassen, war ihr jedes Mal bang, wenn sich die jungen Kerle auf dem Heuboden einquartierten.
„Gehen wir zusammen nachschauen!", bat Fanni, denn auch ihr war nicht wohl.

Sie stand mit ihrer Mutter gerade hinter der Haustür, als es ein zweites Mal pochte.

„Wer ist denn da draußen zu der späten Stunde?", rief sie hinaus.

„Ich bins, der Unertl!", drang ein dumpfes unterdrücktes Rufen durch die Holztür.

Erleichtert schnaufte Fanni, schob den Eisenriegel zurück und öffnete. Draußen in der Dunkelheit stand Franz Unertl mit einem großen Gerät, das er auf einer Kraxe hergeschleppt hatte.

„Grüß euch Gott! Ich bring den Kessel!", sagte er und ließ die Kraxe vom Rücken gleiten.

Die Erlmayerin hatte keine Ahnung, was das zu bedeuten hätte, denn Fanni hatte sie nicht eingeweiht.

„Was denn für einen Kessel?", fragte sie überrascht.

„Ich wollte es dir schon noch sagen, aber ich hab noch nicht so schnell damit gerechnet. Naja, macht aber nichts. Ich freu mich! Danke dir Franz, dass du den so schnell hast auftreiben können."

„Ja was jetzt? Was sollen wir denn mit dem riesigen Topf anfangen?"

„Mutter, ich möcht damit Schnaps brennen. Wir haben doch von unseren Bäumen immer zu viele Äpfel. Und bevor sie verfaulen und auf den Misthaufen geworfen werden, können wir sie brennen."

Die Mutter konnte darüber nur den Kopf schütteln.

„Also, dir fällt doch nie etwas Gescheites ein! Wir trinken doch gar keinen Schnaps."

„Manches Mal schon ein Gläschen und wenn wir Gäste haben und gegen Katarrh, und überhaupt kann man den gut gegen ein paar Kreuzer verscherbeln."

Fanni wollte sich auf kein Streitgespräch einlassen und winkte Unertl mit seiner Lieferung ins Haus.

„Dann komm halt herein, Franz, und zeig mir ganz genau, wie es geht. Ich hab davon ja keine Ahnung."

Unertl baute die Apparatur auf dem Küchentisch auf.

„In den Topf da, da kommt die Obstmaische hinein, das sind die vergorenen Äpfel oder Birnen. Beim Anheizen musst du aber aufpassen, dass es dir nicht anbrennt. Ich hab gehört, man könnte unten sauberes Stroh hineinlegen und dann erst die Maische darauf. Auf den Deckel steckst du dann dieses Rohr, dann hier das zweite, das Abkühlrohr.

Wo möchtest denn überhaupt brennen? Da herinnen ist es nicht praktisch, wegen dem Abkühlen. Du musst hier über das Rohr immer frisches Wasser darüber laufen lassen und das würde dir ja in die Ofenglut rinnen. Am besten, du hättest im Stadel ein Kesselfeuer, auf das du den Brenntopf draufstellen kannst."

„Ach, das ist ja blöd, da müssen wir uns noch viel besser anrichten. Das hab ich mir einfacher vorgestellt!"

„Ja, das hilft eh nichts, aber hier gehts nicht. Dafür hast du dann den Gestank nicht im Haus drinnen."

„Ich hab mir gedacht, das wird was Gutes."

„Ja schon, wenn der Schnaps erst fertig ist, aber bis dahin ist es halt ein langer Weg."

***

Eines Nachts schreckte Fanni plötzlich hoch. Ein Klopfen an ihrem Fenster hatte sie geweckt. Nein, kein Klopfen, es waren wohl

Steinchen. Schon wieder flog etwas gegen die Scheibe. Gendarmen werfen keine Steine ans Kammerfenster, ging es ihr durch den Kopf. Die heimlichen Freunde werden es wieder sein und sogleich sprang sie aus dem Bett. Ein Mann stand unten, doch sie konnte ihn nicht erkennen. Sie öffnete das Fenster.
„Wer ist da?"
„Ich bin es, der Mittermaier. Wir brauchen deine Hilfe. Wir haben einen Verletzten. Komm schnell in den Stadel rüber!"
„Aus ists! Ich komm schon!"
Auf dem Strohboden im Stadl lag auf einer Rossdecke Georg Zinnsberger und stöhnte.
„Was ist denn bloß passiert?"
Mittermaier war ganz aufgeregt und packte Fanni mit beiden Händen an den Oberarmen.
„Wir sind in einen Hof eingestiegen, aber wir waren zu laut. Plötzlich sind uns ein Haufen Männer gegenübergestanden. Jeder von uns hat was einstecken müssen. Den Schorsch hat es am schlimmsten erwischt, der hat eine Kugel abgekriegt. Wir müssen ihn hierlassen bei dir."
„Hierlassen bei mir?"
„Und wir müssen weg. Die sind noch hinter uns her. Vielleicht haben wir sie abschütteln können, aber es ist nicht gewiss. Wir laufen für heut Nacht erst einmal hinüber zum Unertl, dann sehen wir weiter. Aber den Schorsch müssen wir dalassen, der kann nimmer laufen."
„Spinnst du, wenn den jemand findet, dann bin ich auch dran!"
„Nichts fehlt dir! Selbst wenn die herkommen und ihn finden. Dann kannst immer noch sagen, dass du ihn nicht kennst. Er hat

sich halt mitten in der Nacht da oben verkrochen. Da kannst du doch nichts dafür - außer sie erwischen dich, wenn du ihm grad die Hand hältst! Wir müssen jetzt los!"
Mittermaier fasste in seine Hosentasche und holte eine Hand voll Münzen heraus.
„Da schau her - Schweigegeld! Abgemacht?"
Fanni wandte sich um und schaute hinüber zu Zinnsberger. Sie schüttelte besorgt den Kopf.
„Sag was!", drängte Mittermaier sie.
„Ja, ist gut, es hilft ja eh nichts!"
Er nahm ihren Kopf in seine Hände und gab ihr einen schnellen Kuss auf die Stirn. Dann beeilte er sich, auf die Leiter zu kommen, die nach unten führte.
„Und was ist, wenn er mir stirbt?", rief sie noch leise.
Mittermaier hielt inne. Diese Frage hatte er sich noch gar nicht gestellt. Nein, dieser Gedanke war unsinnig. Er hatte zwar Kugeln abbekommen, aber soweit er im schwachen Licht der Öllampe hatte sehen können, fehlte ihm nichts an Brust und Bauch. Es war das Bein, das verletzt war und stark blutete.
„Gewiss nicht, es ist nur das Bein! Ich versuch, dass ich morgen nachschauen kommen kann. Also, machs gut Fanni!"
Dann hörte sie nur noch die schnellen Schritte auf dem Kiesboden davonlaufen. Eine Weile horchte sie in die Nacht hinein. Gott sei Dank war von den Verfolgern nichts zu hören. Schließlich wandte sie sich Zinnsberger zu, der ängstlich und zusammengekauert auf der Rossdecke lag. Sein Gesicht war blutverschmiert. Er hatte wohl auch etwas auf den Kopf abbekommen, denn auf der linken Schädelseite klebten Haarsträhnen im geronnenen Blut.

„Wo fehlts denn?", fragte sie den zitternden Burschen.
„Da an der Wade bin ich angeschossen."
Fanni zog ihm vorsichtig den Stiefel aus und schob die blutgetränkte Hose bis zum Knie hinauf. Im Schein der Laterne untersuchte sie die Wunde. Auf der Innenseite des Beins quoll noch immer etwas Blut aus dem kleinen Loch und lief hinunter bis zum Sockenbund. Ein zweites Rinnsal entsprang auf etwa gleicher Höhe der Wadenrückseite. Es war also ein glatter Durchschuss. Die schlackernde Hose hatte während der Flucht das Blut über den ganzen Unterschenkel verschmiert. Es sah vielleicht schlimmer aus als es tatsächlich war. Natürlich konnte sich die Wunde entzünden, aber fürs erste war Fanni erleichtert, dass nichts im Fleisch oder Knochen steckte. Vorsichtig drückte sie zwischen den Wundlöchern in den Muskel. Soweit Zinnsberger die Wade entspannte, fühlte sie nichts Hartes, nichts Fremdes. Er stöhnte und jammerte bei dieser Untersuchung.
„Gut, dass die Kugel nicht drinnen steckt!", stellte sie fest. „Du hast Glück gehabt! Es ist alles voller Blut, aber schau her: Hier ist sie hinein, und hier wieder heraus, oder andersrum. Je nachdem, von wo geschossen wurde. Ich lass dich jetzt nochmal ein bisschen alleine und hole etwas zum Saubermachen und Verbinden. Ich lauf nur schnell ins Haus hinüber und bin bald wieder da."
In der Küche musste Fanni aber zuerst den Ofen schüren, damit sie Wasser für einen Kamillensud aufsetzen konnte. Zwischendurch schlich sie sich in die Kammer hinauf und holte eine Decke, ein Kissen und allerhand Leinenzeug zum Verbinden. Nachdem der Kamillentee einige Zeit gezogen hatte, filterte sie ihn durch

ein Tuch und füllte ihn in den sauberen Wassereimer. In einen zweiten Eimer aus dem Stall füllte sie Brunnenwasser.
Zuerst wusch sie Zinnsberger mit dem Wasser den Fuß von unten bis knapp unter die Wunden und das Wasser färbte sich schnell blutrot. Dann wischte sie mit dem Kamillensud vorsichtig bis zu den kleinen Löchern, legte teegetränkte Lappen darauf, verband das Bein schließlich mit sauberen Taschentüchern und Wickeln. Am Kopf reinigte Fanni eine üble Platzwunde. Hier hatte ihm einer mit einem Stock eins übergezogen. Der arme Kerl hatte ganz schön was einstecken müssen. Als Nachtquartier packte sie Stroh unter die Rossdecke und überließ dem jungen Burschen Kissen und Decke. Sie war froh, als alle Lichter gelöscht waren und sie wieder in ihrem Bett lag. Alles lag ruhig.
Als Fanni am nächsten Morgen in die Küche trat, stand ihre Mutter am Herd und kochte Milch auf.
„Sind sie schon wieder da, deine Räuber? Ihr habt in der Nacht noch eine Mettn gemacht - was war denn da los?"
„Verzeih es, Mutter, aber es ist ein wenig kompliziert. Nur einer ist drüben auf dem Strohboden, aber der ist verletzt."
Sie erzählte die ganze Geschichte. Die Mutter war sehr besorgt.
„Lass uns schnell nachschauen, bevor die Kinder aufstehen!"
Sie eilten hinüber und stiegen die Leiter hinauf. Georg lag unverändert, setzte sich aber auf, als er Maria erkannte. Der Zustand hatte sich nicht verschlechtert. Maria öffnete den Verband, nickte ihrer Tochter zu und wickelte die Bandage neu.
„Ich glaub, es ist nicht so schlimm. Wir müssen nur aufpassen, dass es sich nicht entzündet. Gut, dass du gleich mit Kamille saubergmacht hast!"

Am Vormittag ging Maria mit den Kindern zum Schwammerlsuchen, währenddessen konnte sich Fanni wieder um ihren Patienten kümmern. Sie brachte ihm ein kräftiges Frühstück und frisches Verbandszeug. Erst jetzt wurde das ganze Ausmaß der Blessuren sichtbar. Ein blaues Auge, etliche blaue Flecken und Schürfwunden. Er klagte über Schmerzen auf der Brust, weil ihn hier ein Prügel getroffen hatte. Fanni hieß ihn, das Oberhemd auszuziehen, damit sie nachschauen konnte, ob vielleicht eine Rippe gebrochen wär. Er schlüpfte aus Janker und Hemd.
Vorsichtig glitten ihre Finger über die Rippenbögen. Wo das Holz zugeschlagen hatte, waren eine Rötung und ein kleiner Bluterguss unter der Haut zu erkennen, aber gebrochen war nichts.
Als Fanni noch vorsichtig auf den Brustkorb drückte, legte Georg seine Hand auf ihre.
„Rippen sind nicht gebrochen", sagte er, „aber das Herz könnte mir brechen, spürst du es?"
„Du Depp, das Herz ist ja auf der anderen Seite!", lachte sie und meinte: „Bist schon wieder zum Spaßmachen aufgelegt? Dann fehlts wohl nicht so weit."
„Wenn du mich berührst, dann spür ich keinen Schmerz mehr!", erwiderte er.
Es waren nicht die Sprüche, die Fanni imponierten, aber der schöne muskulöse Körper Georgs gefiel ihr durchaus. Die harten Muskeln dieses Mannes waren so ungewohnt für sie und attraktiv. Sie erinnerte sich an Franz Matzeder, mit dem sie damals in Sünde fiel. Der war viel älter als sie. Das war ganz anders. Sie konnte sich nicht mehr erinnern, was genau sie damals empfand. Waren es Launen im Rausch gewesen? Matzeder gab ihr das Ge-

fühl, Stärke und Macht zu besitzen. Die Braut des Räuberhauptmanns! Georg war anders. Jung, irgendwie verspielt, ohne die Brutalität eines Räubers. Seine Gesichtszüge waren mild. Dunkelblonde kurz geschnittene Haare und verschmitzte grüne Augen. Mit ihm hätte sie sich Zärtlichkeiten vorstellen mögen. Sie errötete und zog schnell die Hand zurück. Dann ließ sie ihn halbnackt sitzen und huschte schnell hinaus.

Als sie an diesem Abend in ihrem Bett lag, konnte sie nicht einschlafen. In Gedanken hatte sie ein Bild vor Augen, das sie nicht losließ. Eine Unruhe quälte sie. Ein Gefühl, das so angenehm war wie die Strahlung einer Kaminglut in der bereits wohlig warmen Stube. Gleichzeitig eine verzehrende Sehnsucht. Ein nicht hier, sondern dort sein wollen. Das Verlangen, die weiche schimmernde Haut noch einmal zu berühren. Von diesem Moment an war sie davon überzeugt, dass Liebe kein zufälliges Ereignis sein konnte. Sie hatte sich bisher nie nach einem Mann gesehnt, nur bei manch körperlich schwerer Arbeit die Vorteilhaftigkeit erkannt. All den Kerlen gegenüber, die sie bisher kennenlernte, verspürte sie nur unverfängliche Gleichgültigkeit.

An den folgenden Tagen sehnte sie immer den Morgen herbei, um Georg beim Versorgen mit Frühstück nahe sein zu können.

Nach wenigen Tagen ging es ihm deutlich besser. Er strahlte, als Fanni zu ihm hinaufstieg. Sie brachte ihm Brot, eine Milchsuppe und gekochte Eier. Ein wahres Festessen. Sie setzte sich dazu und beobachtete lächelnd, wie er Brotstücke in die Suppe einbrockte und genüsslich löffelte. Sie hing an seinen vollen Lippen. Die blonden Strähnen hingen ihm wirr ins Gesicht.

Georg wischte sich mit seinem Ärmel den Mund ab.

„Ich glaub, ich mag noch lange bei dir verletzt liegen. Aber nur, wenn du dir weiterhin Zeit nimmst für mich."
„Ja und was hab ich davon?"
„Ich könnte dir jeden Tag ein bisserl schmeicheln."
„Und wie sieht das aus, bis jetzt hab ich nämlich noch nichts davon bemerkt."
Georg legte seine Hand auf ihr Knie. Und sie ließ es geschehen. Nach einem Moment streichelte er ihren Oberschenkel, dann die Wade hinunter. Sie ließ es geschehen, lächelte beseelt.
„Darf ich dich im Arm halten?", fragte er vorsichtig.
Fanni kochte das Blut in den Adern und sie hatte Angst, ihr Herz könnte zerspringen. Sie hörte und fühlte, wie es bis in die Ohrmuscheln pochte. Langsam zog er sie zu sich, umarmte sie. Sie legte ihren Kopf auf seine Brust und er strich ihr übers Haar, das sie auch heute wieder zu einem dicken Zopf geflochten hatte.
„Deine Haare sind wunderschön!", und nach einer Weile: „So eine Frau wie dich, tät ich mir wünschen."
Solche Worte hatte sie noch nie gehört. Es schien ihr wie ein Traum. Dieser wilde Mann schmeichelte ihr und gab ihr das Gefühl, etwas Besonderes zu sein. Bis zu diesem Tag war sie noch nie etwas Besonderes. Doch, ihre Mutter hatte sie immer geliebt, aber das war etwas anderes. Sie hob den Kopf und sah in seine schönen Augen, bemerkte kaum, wie sie näherkamen. Dann berührten seine weichen Lippen die ihren. Er küsste sie, vorsichtig, zärtlich. Eine weitere Berührung ließ sie plötzlich zerfließen. Seine Finger glitten sanft über ihre Brust. Sie ließen sich auf das Lager fallen und vergaßen Gott und die Welt. Eine Glückseligkeit wie Fanni sie sich nie hatte erträumen können. Georg war zärtlich,

zeigte ihr aber auch sein Begehren. Sie wollte sich nicht erwehren und gab sich ihm ganz hin.

***

Auf den Markttag freute sich die ganze Familie und sie konnten es kaum erwarten, bis es an diesem schönen Samstagvormittag endlich losging. Eine willkommene Abwechslung zum mühsamen Alltag. An diesem Morgen halfen alle gern mit. Die Tiere mussten noch versorgt werden, bevor es hinein ging, in das Markttreiben. Den Feldweg hinab nach Simbach liefen die Kinder mit dem Leiterwagen voraus und wären schnell aus dem Blickfeld verschwunden gewesen, wenn Maria sie nicht mehrmals mit strengen Rufen zurückkommandiert hätte.
Es gab viel zu bestaunen. Auf dem Marktplatz standen an Stangen gebunden herrliche schwarzbraune Rottaler Pferde. Es war jedes Mal ein Erlebnis, diese prachtvollen Tiere zu sehen, wie sie dort schnaubten, ihre Mähnen schüttelten und mit den Hufen scharrten. Die Viehhändler zeigten sachkundig das Gebiss der Rösser, priesen den Körperbau und die Arbeitskraft und den günstigen Preis. Die Bauern aus dem ganzen Umkreis ließen sich dieses Aufgebot nicht entgehen. Herausgeputzt diskutierten und handelten sie, ungeachtet dessen, ob sie tatsächlich einen der Heiter heimführen wollten.
Auch alle anderen Tiere für die Landwirtschaft wurden feilgeboten. Mächtige Ochsen und Kühe, Ziegen und Schweine bis zu allem möglichen Federvieh. Sattler boten ihre Waren, ebenso Seiler,

Korbmacher und Wagner. Und dazwischen schenkte der Bierbräu frischen Gerstensaft aus.

Fanni wollte dieses Mal auch Vieh kaufen. Sie hatte ausführlich mit ihrer Mutter darüber gesprochen und es gut überlegt. Weil sie mit Heuvorräten über den Winter begrenzt waren, kam ein Kalb, das im nächsten Jahr schlachtreif wäre, leider nicht in Frage. Die beiden Geißen gaben schon ausreichend Milch, hier gab es also auch keine Not. Sie wollten deshalb ein Schwein kaufen, das sie noch ein halbes Jahr füttern und dann als sogenannten Weihnachter im Dezember schlachten könnten. Wegen dem Herbergsgeld von den Räubern brauchten sie dieses Mal nicht knausern. Sie hatten sich daheim schon eine Liste gemacht. Stubenbesen, Bürsten, einen Weidenkorb, Stricke, Nägel, ein Sägeblatt, Lampenöl und Seife, fünf junge Hühner und allerhand anderen Kleinkram packten sie auf ihren Leiterwagen. Zuletzt feilschten sie um die Sau. Sie zogen von einem Sauhändler zum andern, suchten nach einem günstigen Preis und beobachteten eine Zeit lang das Geschäftemachen der anderen Bauern.

„Was sagst du? 28 Gulden für eine Sau? Das ist mir zu teuer. Du weißt doch, dass wir kaum über die Runden kommen, seit der Simon gestorben ist. Ich kann bloß 22 zahlen!", beteuerte Maria.

„Ja gute Frau, wie stellst du dir denn das vor? Da muss ich ja selber verkrachen! 25 krieg ich, wenn einer mehrere Säue auf einmal kauft, und du tätst nur 22 bezahlen wollen, das geht überhaupt nicht!"

„Da Bauer, schau dir einmal meine Herde Kinder an! Die muss ich allesamt durchfüttern. Ich kann bald nimmer. Hab doch ein

Erbarmen! Würdest mir denn einen Stückpreis von 22 Gulden machen, wenn ich zwei Säue kaufen␣tät?"
„Weil du es bist, würd ich dir entgegenkommen, weil du eine gute Haut bist. Ich gäbe sie dir für 24, aber darunter kann und mag ich nicht, nichts für ungut."
„Dann musst mir eine Dreingabe geben! Wenigstens die drei Stallhasen, die du da vorn im Käfig drinnen hast."
„Ja, die kannst haben, aber ich verkauf dir eine einzelne Sau nicht für 24, da müsstest schon zwei nehmen, wie ich gesagt hab!"
„Ausgemacht Bauer, schlag ein! Ich such mir zwei Säue aus und krieg obendrein die Hasen."
Vom Geldsegen der Erlmayerin überrascht, aber doch mit dem guten Gefühl, ein noch akzeptables Geschäft abgeschlossen zu haben, willigte der Bauer schließlich ein.
„Geh, Mutter, das war jetzt aber nicht gescheit! Wir wollten doch nur eine Sau kaufen und auf Weihnachten schlachten! Die andere müssen wir dann über den Winter füttern", stellte Fanni vorwurfsvoll fest.
„Ich weiß selber nicht, was mich da gerade geritten hat, aber die zweite können wir allemal dem Viehhändler verkaufen, wenn es im Winter mit dem Futter knapp wird."
„Da hast du auch wieder Recht. Ans Verkaufen hab ich überhaupt nicht gedacht. Ich glaub, wir werden noch Großbauern, mit unserer Weiberwirtschaft!"
Jetzt konnten sie sich wieder auf den Heimweg machen. Die beiden Frauen zogen nun den Wagen und die Kinder trieben voller Begeisterung die quiekenden Schweine vor sich her. Das war ein wildes Hin und Her bis sie endlich Oberschabing erreichten.

Sie führten die Schweine in den Stall und sperrten sie in den Verschlag, wo bisher die Ziegen untergebracht waren. Diese brauchten nicht unbedingt eine feste Behausung, da sie ohnehin nicht davonliefen. Neben dem Ochsen war ja noch genügend Platz, den streuten sie rasch mit etwas Stroh ein und dort band Maria die beiden Ziegen fest, damit sie sich an ihren neuen Platz gewöhnen konnten. Als alle Schätze verräumt, das Abendbrot gegessen und die Kinder zu Bett gebracht waren, ging Fanni mit einer Milchsuppe und einem dicken Stück Brot in den Stadel hinüber, um ihren Schorsch zu versorgen. Sie freute sich, mit ihm noch eine gemütliche Weile zusammen zu sitzen und ihm die aufregenden Erlebnisse des Markttages zu erzählen. Am Scheunentor rief sie schon seinen Namen, stieg die Leiter hinauf und fand das Versteck leer.

„Dieser Mistkerl!"

Sie war stocksauer und traurig. Natürlich hatte sie damit gerechnet, dass er recht bald wieder verschwinden würde, aber dass er nach allem, was zwischen ihnen war, sich ohne ein Abschiedswort davonschlich, das schmerzte sie sehr. Heulend kniete sie auf der Rossdecke nieder, auf der sie ihn über eine Woche versorgt und geliebt hatte.

***

Sind denn alle Mannerleut so schlecht? Du verreckter Sauhund! Gestern noch hast du mir so verliebt, und so tief, und so warm in die Augen gschaut, und jetzt bist du weg - einfach so! Ohne ein Abschiedswort! Ohne eine Nachricht!

Ich könnt mich selber watschen. Was bin ich nur für eine dumme Kuh? Rumgekriegt hast mich schnell, da hat es gar nicht viel gebraucht. Ein paar schöne Worte und einmal sanft meinen Arm berührt und schon hat es mir die Gänshaut aufgestellt. Meinen Arsch hast gedrückt und mir ist es ganz heiß geworden, so schön ist es gewesen. Und wenn man Haut auf Haut nackt aufeinander liegt, dann ist das doch etwas fürs Leben. Das kann man doch nicht wieder wegwerfen. Wenn ein Mann und eine Frau eins werden, dann sind sie doch eins miteinander, oder? Ich weiß nicht, was ich denken soll. Es tut einfach so weh! Es ist, als ob mir das Herz herausgerissen worden ist. Du hast doch gesagt, dass ich dir gefalle und dass du so eine Frau haben magst wie mich!
Oder gab es einen Grund für dein Verschwinden? Vielleicht haben dich deine Kameraden aus der Haas-Bande abgeholt, dann wirst du sicher bald wieder zu mir zurückkommen und es mir erklären. Ach Schorsch, aus uns beiden könnte doch wirklich etwas Ernstes werden! Mit dir möchte ich eine Familie gründen und wenn es die Mutter erlaubt, das kleine Anwesen bewirtschaften. Bitte komm zu mir zurück!

***

An jenem Morgen bahnte sich etwas Ungewöhnliches an. Irgendetwas war anders, als Fanni in ihrem Bett erwachte. In letzter Zeit war sie unausgeschlafen und meistens musste ihre Mutter sie wecken. Sie kam so schlecht aus den Federn. Nachts lag sie oft wach und es schwirrten ihr so viele Gedanken durch den Kopf und ließen sie nicht zur Ruhe kommen. Seit Georg sich aus dem Staub gemacht hatte, waren etliche Wochen vergangen und er ließ seither nichts von sich hören.

Fanni quälten die Sehnsucht und der Schmerz noch immer und so manches Mal fand sie nur ein paar Stunden Schlaf. Selten erwachte sie frisch mit dem Ruf des Hahns, sondern meist erst mit dem Ruf der Mutter. An jenem Morgen aber war sie früh dran. Der Morgen graute. Die Sterne, die sie durch das Fenster betrachtete, verblassten langsam, der Hahn krähte endlich, nebenan hörte sie irgendein Geräusch aus der Kammer der Mutter. Mit einer ungewohnten Schwerfälligkeit stieg Fanni aus ihrem Bett. Sie musste raus aus der Wohligkeit der Nacht, hinaus zum Brunnen, zum kalten Wasser. Und dann die Morgensuppe kochen. Sie schlüpfte in ihre sich allmählich auflösenden Strohschuhe, die ihre Mutter selbst angefertigt hatte, und ging die Treppe hinunter. Ihr war übel - es würgte sie.

„Hoffentlich werde ich nicht krank!", redete sie zu sich selbst.

Nach dem Frühstück musste sie sich übergeben und erst am Nachmittag wurde es langsam wieder besser. Auch ihre Mutter machte sich Sorgen und überlegte, ob sie vielleicht etwas Verdorbenes gegessen hätte. Auch an den folgenden Tagen erging es ihr so. Sie fühlte sich wirklich krank.

Einmal saßen sie mit den Kindern wieder zu Mittag und aßen eine Suppe mit Kraut. Fanni war käseweiß im Gesicht und konnte das Essen nicht anrühren, da fiel ihrer Mutter plötzlich der Löffel aus der Hand und zurück in den Teller, dass die Suppe spritzte. Wie von einem Gespenst erschreckt, starrte sie Fanni fassungslos an.

„Was ist denn los, Mutter, hast du einen Teufel gesehn?"

Diese kniff böse ihre Augen zusammen und antwortete spitz: „Ja, ich glaub schon!"

Der Appetit war Maria vergangen und sie konnte kaum noch abwarten, bis die Kinder ihre Teller ausgelöffelt hatten, dann schickte sie die Kleinen hinaus und nur Fanni musste zurückbleiben. Kaum war Reserl aus der Tür, da giftete sie los.
„Ja was fällt denn dir ein, du Saumatz? Ich weiß, was dir fehlt, und du weißt es auch!"
„Aber Mutter, was ist denn jetzt los? Was hab ich denn getan?"
„Tu nicht so scheinheilig! Was du getan hast? Mit deinem Fußkranken hast du es getrieben, stimmts? Und jetzt bist du schwanger. Ich hab dirs eh angesehen, wie verliebt du warst in den Drecksteufel. Wann hast du deine letzte Blutung gehabt?", fragte sie streng.
Fanni überlegte ein wenig.
„Ich weiß es nicht mehr, es ist schon länger her. Aber das glaub ich nicht. Ich bin gewiss nicht schwanger!"
„Hast du es mit dem Kerl getrieben, sag es ehrlich?"
Fanni errötete und senkte den Blick auf ihre Knie. Sie brauchte eine kurze Zeit, doch dann antwortete sie kleinlaut und weinerlich: „Ja, ich hab es getan, aber nicht oft und es war bestimmt nicht die gefährliche Zeit."
Die Mutter war bitter enttäuscht und schrie laut ihren Zorn heraus.
„Ja bist du nicht blöder? Ist es nicht schon schwer genug für uns. Anstatt dass du dich um einen ehrlichen Mann umschaust, der was taugt, lässt du dich wieder mit so einem Saukerl ein. Sollen wir denn ewig so dahinfretten? Ich hab die Nase so voll! Mit deinen kriminellen Teufeln bringst du uns noch alle ins Zuchthaus!

Kein anständiger Mann mag doch mit dir noch was zu tun haben. Geh mir bloß aus den Augen!"

Natürlich war Fanni bewusst, dass es ihre Mutter ärgern musste, aber mit solch zornigen Worten hatte sie nicht gerechnet. Sie wischte die Tränen von ihren Wangen und ging hinaus, um Brennholz zu holen.

Im Laufe der folgenden Wochen verbesserte sich Fannis Zustand und langsam verflog auch der Ärger der Mutter ein wenig. Es dauerte halt einige Zeit, bis sich beide auf die neue Situation eingestellt hatten.

***

Im September 1855 kam ein Mädchen zur Welt. Es bekam den Namen Karolina. Diesmal versuchten sie erst gar nicht, anstandshalber einen Ersatzvater zu finden. In den kirchlichen Dokumenten stand später bei der Vaterschaftsnennung einfach „nicht angegeben".

***

Nachdem Matzeder und Reiter in Straubing hingerichtet worden waren, nutzten immer öfter Kerle der Haas-Bande den abgelegenen Waldflecken, den ‚Kalten Brunn', um neue Pläne zu schmieden, Saufgelage zu veranstalten und Beute zu teilen. Das alte Räuberloch hatte seinen Reiz nach dem Tod der ehemals in ganz Altbayern gefürchteten Mörder nicht verloren - im Gegenteil! Es schien fast so, als stachle der Geist dieses Ortes wiederum junge

Burschen und auch Weiber, meist Ausgegrenzte, wie die Fanni eine war, zur Gesetzlosigkeit an. Für ihre Hilfe, den herumstreunenden Männern Obdach zu geben oder Diebesgut auf dem Anwesen zu verstecken, fielen für die Komplizin immer ein paar Gulden ab. Wie leicht war es doch, auf diese Art an harte Münzen zu kommen. Von all dem Schuften auf dem kleinen Erlmayer-Sacherl blieb nichts übrig als schwielige Hände und ein krummes Kreuz. Diese lustigen, aber wilden Burschen schwärzten sich die Gesichter zum Rauben und trugen tags darauf Silberstücke in den Hosentaschen wie die hohen Herren. Die Moral ist schnell hintergeschluckt - mit einem Maul voll Obstbrand. Nein, Skrupel hatte Fanni keine, von dem Geld zu nehmen. Auch nicht wegen des Herumtreibens mit den Männern. Sie war nicht die einzige. Dieses Leben schien ihr so unbeschwert, so frisch.
Als aber eines Tages dann die Gendarmen kamen, um Haus und Hof auf den Kopf zu stellen, da wurde ihr anders zumute, für eine kurze Zeit.

***

Die Grünkittel nehmen keine Rücksicht, wenn sie Herr sind. Sie durchwühlen die Kästen und werfen dir das Leinen in den Dreck. Wenn du aufmuckst, dann schlagen sie dir ins Gesicht, dass dir das Blut aus der Nase rinnt. Wie Hunde riechen und wühlen sie und zertreten mit ihren schweren Stiefeln deine Wachsstöckl. Die Strohsäcke, auf denen du schläfst, stechen sie auf mit ihren Bajonetten und sie geben nicht Ruh, bis sie was gefunden haben. Drüben im Schuppen. Sie wissen, dass sie es im Schuppen finden werden, aber zuerst zerlegen sie dir das Haus.

Wenn du verzweifelt in einer Ecke sitzt und heulst, dann erst wollen sie was finden und gehen in den Schuppen. Da gibt es nichts mehr zum Wühlen und die Nase reinzustecken, aber sie finden die Bündel, die Beutel, die Kisten. Du sitzt immer noch in deiner Ecke und heulst und du hättest weglaufen können, aber wozu? Einer ist immer ein ganz Scharfer. Der schreit dich an, wem das gehört. Und weil du nichts sagst, schlagen sie dich wieder und drohen, die Mutter in ein kaltes Loch zu stecken, aus dem sie nicht mehr herauskommt. Dann sagst du es. Und dann nehmen sie dich mit in den Untersuchungsarrest.

***

Am Samstag, den 23. April, schrieb die ‚Landshuter Zeitung' über die Verurteilung der Mitglieder der Haas-Bande, die seit 1841 eine Vielzahl von Diebstählen und anderen Verbrechen verübt hatten. In 14 Verhandlungstagen wurden die Angeklagten vernommen, Zeugen befragt und Fakten aufgezeigt. Noch nie wurde eine solche Fülle von Straftaten aufgearbeitet. Und dabei sah sich die Staatsanwaltschaft aufgrund mangelnder Beweislage anfangs schon als Verlierer, weil zuerst nur wenige Rädelsführer überführt werden konnten. Als die Anwälte den Komplizen Joseph Mittermaier mit Zeugenaussagen und Eidaussagen in die Enge trieben, brachen sie jedoch seinen Widerstand und konnten ihn überraschend zu einem umfassenden Geständnis drängen. In seiner Verzweiflung erzählte Mittermaier jede ihm bekannte Tat, nannte jeden Namen, der mit den Verbrechen in Verbindung stand. Am Ende des stundenlangen Verhörs umfasste das Protokoll zusammen mit den bereits vorher aktenkundigen Straftaten derer schließlich 74. Insgesamt waren 90 Personen verdächtigt, die entweder aktiv beteiligt waren, Räubern Unterschlupf gegeben oder Diebesgut versteckt hatten.

Schließlich wurden in der großen Verhandlung vor dem Untersuchungsgericht Burghausen 25 Personen verurteilt. Die Strafen reichten von mehrmonatigem Gefängnisaufenthalt bis zu 18 Jahre Zuchthaus im Fall des Anführers Karl Haas.

Für Fanni lautete das Urteil: drei Monate Gefängnis. Über diese milde Strafe war sie heilfroh. Dass sie eine Komplizin Matzeders war, ist nicht herausgekommen. Nur, dass sie Mittermaier gekannt und einige seiner Sachen und Diebesgut in ihrem Schuppen versteckt gehalten hatte. Die Gefängnisstrafe musste sie nicht mehr antreten, da sie die Zeit bereits im Untersuchungsarrest verbüßt hatte. Was für ein Glück!

***

Das Weihnachtsfest 1859 war traurig. Nach der Messe am ersten Weihnachtsfeiertag standen Fanni und die Kinder stumm am Grab von Simon und Maria Erlmayer. Die Mutter war vor vier Wochen am Schleimfieber gestorben. Sie wurde nur 53 Jahre alt. Schneeflocken fielen auf die Köpfe und Schultern der Gruppe um Fanni. Ihr ältester Bruder, der Sepp, war inzwischen zwanzig Jahre alt und zu einem schneidigen jungen Mann herangewachsen. Anna war jetzt siebzehn und arbeitete als Magd auf einem mittelgroßen Hof in Höherskirchen, Reserl war vierzehn, Xaverl elf und ihre eigene Tochter Lina inzwischen vier Jahre.

All die Jahre hatten sie sich so durchschlagen können. Sepp konnte gut zupacken, dem schien die Kraft überhaupt nicht auszugehen. Aber nach dem Tod der Mutter war sein Bleiben unsicher. Er träumte schon seit Jahren von einem besseren Leben in Amerika. Noch durfte er die Familie nicht im Stich lassen, denn ohne ihn würde es wieder richtig schwer werden.

Für Fanni stand die Zukunft voller Sorgen. Sie konnte sich nicht vorstellen, wie sie jetzt die Geschicke lenken und das Anwesen führen sollte. Auch wenn sie miteinander die Arbeit schaffen würden - wer konnte ihr jetzt Halt geben, wenn sie jemanden brauchte. Sie liebte die Kinder, aber sie war nicht aus Holz und sehnte sich nach einem Mann. Die Gräber lagen unter einer dünnen weißen Haut aus Schnee. Schnee deckt alles zu, lässt alles gleich aussehen.

***

Mitten in der Nacht schreckte Fanni hoch. Da hatte etwas gescheppert. Sie starrte in die Dunkelheit ihrer Kammer und lauschte. Durch das Fenster leuchtete eine helle Mondsichel und warf einen zarten Schein auf den Bauernschrank. Wieder polterte es, dann hörte sie wie eine Kommodentür zugedrückt wurde. Das typische kurze Quietschen, bevor das Türchen ins Schloss fällt, kannte sie gut. Es war der Sepp, der sich die Schnapsflasche aus dem Kasten geholt hatte.

„Was treibt denn der noch so spät?"

Dann klapperte der Blecheimer auf den Fußboden und rollte herum.

„Ja spinnt denn der? Der weckt ja das ganze Haus auf!" sagte sie zu sich selbst. Sie schloss die Augen, bis es wieder laut wurde. Sie warf das Oberbett zurück und stieg aus dem Bett. Leise schlich sie sich die Holztreppe hinunter, setzte die Füße ganz außen auf die Tritte, wo es am wenigsten knarzte.

In der Küche saß Sepp am Tisch und nahm gerade nochmal einen kräftigen Schluck Birnenbrand. Die eine Hand umfasste die Schnapsflasche, die andere hielt einen bedruckten Papierbogen.

„Was machst denn für einen Lärm?", schimpfte Fanni.

„Du weckst mir ja die Kinder auf. Hast im Wirtshaus noch nicht genug bekommen, dass du daheim weitersaufen musst?"

„Leck mich doch am Arsch! Und wenn du es genau wissen willst: Nein, ich hab nicht genug bekommen, weil der Wirt ins Bett hat gehen wollen, sonst wär ich schon noch dort geblieben."

„Dass du dich nicht schämst? Du weißt genau, wie es dir morgen schlecht ergehen wird. Dann bist du wieder bis Mittag zu nichts zu gebrauchen. Brauchst nicht glauben, dass du im Bett flacken kannst und die Kinder sollen sich an deiner Stelle im Stall abschinden."

„Ja freilich, schieb nur die Schuld auf mich. Die Kinder müssten nicht arbeiten, wenn du einen Hochzeiter auf den Hof gebracht hättest!"

„Jetzt fängst du auch noch an! Du bist doch der Sohn und selber schon alt genug, dass du heiraten und den Hof führen könntest!"

„Das wirst du nicht erleben. Ich heirate einmal eine Amerikanerin!"

„Du spinnst!"

„Da schau her, was ich mitgebracht hab. Ich war heute in Arnstorf beim Unterwirt. Da hat ein Agent einen Vortrag über Amerika gehalten. Du, dieses Land ist so groß und die haben zu wenig eigene Leute, um das alles zu bewirtschaften. Da verschenkt die Regierung sogar das Ackerland an die Einwanderer. Jeder, der kommt und arbeiten mag, der kann reich werden."
„Glaub doch nicht alles, was geredet wird! Das hab ich noch nie gehört, dass jeder, der daherkommt, in Amerika Land geschenkt bekommt."
„Es ist aber wahr! Freilich muss man arbeiten, und ohne Vieh, Haus und Geschirr ist der Boden auch nichts wert, darum machen viele als Händler oder Handwerker ihr Geschäft. Jeder kann sein eigenes Gewerk betreiben, ohne Erlaubnis von der Gemeinde!"
„Aber fortgehen aus der Heimat? Noch dazu in ein anderes Land, wo man die Sprach gar nicht versteht, das tät ich nie!"
„Und ich tu es!"
Sepp schlug mit der Handfläche auf das Papier, das vor ihm auf dem Tisch lag.
„Ich bin jung und hab mein Leben noch vor mir. Meinst du, ich möcht hier weiterfretten und aufs Wildern und Stehlen angewiesen sein? Jetzt ist die beste Zeit, denn wenn erst einmal Leute genug hingegangen sind nach Amerika, dann gibts auch das Land nimmer geschenkt, sagt der Agent. Hier hab ich es schwarz auf weiß. Schau, da stehts: Eine bessere Zukunft in Amerika!"
Er hielt Fanni das Papier vor das Gesicht.
„Aber ich kann doch allein mit den Kindern nicht überleben!"
„Allein nicht - und mit mir auch nicht! Unser Zeugl ist doch viel zu klein, als dass man sich was erwirtschaften könnte. Darum

solltest du auch darüber nachdenken. Wenn wir den Hof verkaufen und in Amerika ein Stück Land umsonst kriegen, dann könnten wir uns was Größeres aufbauen."
„Und was kostet die Reise auf dem Schiff?"
„Mit 80 Gulden pro Mann ist alles bezahlt, hat der gesagt, das Schiff und der Proviant."
Fanni erschrak über diesen hohen Preis und konnte nur noch mit dem Kopf schütteln.
„Gütiger Himmel! 80 Gulden für eine Person, da bleibt ja gar nichts mehr übrig!"
Sepp stierte auf die große Überschrift auf seinem Stück Papier. ‚Die Hoffnung', hieß es da. Daneben die Abbildung eines großen Paketsegelschiffes.
„Ich geh wieder ins Bett. Mir ist der Schlaf wichtiger als dieser Unsinn!"
Als sie die Türklinke hinunterdrückte, sagte Sepp mit ruhiger Entschlossenheit: „Fanni, mir ist es ernst! Das ist freilich ein Haufen Geld, aber das ist der Fahrschein in ein besseres Leben. Wenn du nicht mitkommst, dann treib ich das Geld für mich allein schon auf. Aber das eine lass dir gesagt sein: ich hau ab und fahr in die neue Welt, solang es noch geht."

Wieder in ihrem Bett, wälzte Fanni sich hin und her. Nicht die Sorge um Sepp raubte ihr den Schlaf, sondern die eigene Ungewissheit. Ohne den Sepp konnte sie es nicht schaffen. Wenn dann nicht bald ein Mannerleut auf den Hof käme, dann wär es bald ganz aus!

***

Es dauerte nicht mehr lange und Sepp fasste auch ohne Schnaps den festen Entschluss, die Heimat zu verlassen. Alles Streiten und Drohen, Bitten und Flehen war vergebens. Nichts konnte ihn abbringen. Die Versprechen des Agenten hatten ihn völlig verändert. Fanni war wütend, aber sie konnte nichts mehr an seiner Entscheidung ändern. Alle Vorwürfe und Angstmache liefen ins Leere. Sepp bot ihr nur immer wieder an, es ihm gleich zu tun. Nachdem sich der erste Zorn gelegt hatte, saßen Fanni und Sepp oft bis spät in die Nacht beisammen und grübelten über ihrer beider Zukunft. Nie zuvor hatten sie so vertraulich miteinander gesprochen. Sie hatten das Gefühl, sich all die Jahre nicht kennengelernt zu haben. So hatte Fanni nie mitbekommen, dass auch ihr Bruder unter den Bosheiten seines Vaters sehr gelitten hatte. Dass auch er von den Dorfkindern gehänselt wurde und bis zum heutigen Tag in der Nachbarschaft und bei den Leuten in Simbach nicht akzeptiert wurde. Viele Verletzungen kamen ans Licht und insgeheim konnte Fanni seine Entscheidung immer mehr verstehen. Trotzdem stritten sie sich, weinten, schrien sich an und schwiegen gemeinsam. Es war eine Sache, nicht bleiben zu wollen, eine andere aber, in die Ungewissheit zu gehen. Wovon der Agent nicht sprach, war auch den beiden klar: so manches Segelschiff hatte sein Ziel nicht erreicht. Manches Schiff war trotz erfahrener Seeleute von der rauen See verschlungen worden. Mancher Passagier war auf der langen Überfahrt einer Krankheit erlegen.

Sepp schloss sich einer kleinen Gruppe junger Burschen an, die wie er darauf brannten, in die neue Welt zu kommen. Viele Nächte und manchmal ganze Tage war er unterwegs, um irgendwelche Vorbereitungen zu treffen. Oft wurde Fanni mitten in der Nacht aus dem Schlaf gerissen, wenn ihr Bruder angetrunken den Weg nach Hause fand und die knarrende Holzstiege heraufkam. Diesmal jedoch war es anders. Es dämmerte schon, als Sepp die Haustür aufriss und über die Schwelle der Diele stolperte. Fluchend sprang er wieder auf die Beine und polterte hinauf in seine kleine Kammer. Es knarrte und klapperte. Als Fanni in den Türrahmen trat, wühlte er im Kleiderkasten und stopfte seine Habseligkeiten in einen Sack.

„Was ist denn los"? fragte Fanni verschlafen.

„Ach Fanni! Ich muss weg, ich muss jetzt gleich auswandern!"

„Bist du jetzt völlig närrisch wordn?"

Sepp hielt einen Moment inne, dann trat er an sie heran und packte sie fest an beiden Oberarmen. Fanni sah in ein schmutzig verschmiertes Gesicht und erkannte eine panische Angst in den Augen des Bruders. Völlig außer Atem schnaubte er laut. Auf seiner Stirn standen funkelnde Schweißperlen und unter den speckigen Haarsträhnen erkannte sie eine schwarzrote, verkrustete Wunde.

„Was ist nur passiert?" brachte sie hervor.

„Ich will dir nichts sagen. Du sollst nichts davon wissen. Glaub mir, es ist besser so. Ich war bei einer Sache dabei, aber nur Schmiere, glaub mir! Es kann sein, dass jemand nach mir fragt. Du sagst einfach, dass du mich schon lange nicht mehr gesehen hast. Ich wohne nimmer bei dir. Ja, das ist gut. Meine Sachen nehm ich sowieso mit. Es ist nichts mehr da. Ich bin auf der Wanderschaft, sagst einfach. Hab keine Angst, ich hab eigentlich nichts gemacht, aber ich häng halt jetzt auch mit drin. Du weißt nichts."

„Sepp", rief da plötzlich eine Männerstimme von unten, „beeil dich!"

„Ich komm schon!"

„Fanni, das ist jetzt das letzte Mal, dass wir uns sehen können. Bete für mich und grüß die Kinder von mir. Ich kann nicht mehr anders - ich muss weg."

Er steckte noch schnell ein paar Dinge aus seinem Nachtkästchen in den Sack, griff eine Decke und dann stand er Fanni noch einmal gegenüber.

„Brauchst du noch Geld?"

„Nein Fanni, Geld hab ich jetzt genug, Blutgeld."

Fanni rollten die Tränen aus den Augen, als sie ihn umarmte und fest an sich drückte.

„Pass auf dich auf! Und schreib mir, wenn du in Amerika angekommen bist, gell!"

„Versprochen! Es tut mir leid, meine liebe Fanni, du musst jetzt ohne mich zurechtkommen!"

Als sie hinuntergingen, holte Fanni noch Speck und einen Laib Brot aus der Speisekammer, und das kleine Gebetbuch aus der Stube.

„Wart!"

Sie tauchte den Finger in den kleinen Weihwasserkessel, der neben der Tür hing, und strich Sepp das Segenskreuz auf Stirn und Kinn.

***

Lieber Herrgott, ich weiß überhaupt nicht mehr weiter! Der Sepp ist einfach nach Amerika weg, der Sauhund, und ich steh da und weiß bald nimmer, wie ich das alles schaffen soll. Es kann gar nicht gehen! Vielleicht ist es besser, wenn ich das ganze Sach verkauf. Ich glaub schon fast, es wär wirklich gescheiter gewesen, wenn ich mit dem Sepp fortgangen wär. Was kann ich mehr, als dich zu bitten, Herrgott, dass du mein Leben lenkst. Segne unser Wirtschaften und schenk uns weiterhin wenigstens eine gute Gesundheit. Ich kann nichts anderes, als gerade jetzt meine ganze Hoffnung auf dich zu setzen! Und ich bitt dich auch, dass du den Sepp in Amerika beschützen mögest. Er soll nicht verderben, sondern sein Glück machen können. Bitte Herrgott, erbarme dich über uns!

***

Gleich nach der Frühsuppe schlüpfte Fanni in ihre Holzschuhe und ging hinauf ins Schabinger Holz. Am Vorabend hatte es ein schweres Gewitter gegeben. In der schwülen Luft fiel die ganze Nacht warmer Regen. Jetzt dampfte der Boden. Besonders im Wald stieg der Dunst auf und umwaberte die dunklen Baumstümpfe und die Moosteppiche.

So was Schönes! Es ist wie in einem Märchen. Wie wenn gleich hinter den Nebeln ein verwunschenes Schloss auftauchen müsste. Ein Schloss, in dem ein Prinz, ein junger Graf tät es auch, mit seinem Hofstaat lebt und nur darauf wartet, endlich eine Braut zu finden um sie vor den

Traualtar zu führen. Der Herrgott wird sich schon noch erbarmen und mir einen passenden Mann zeigen. Dumme Gedanken!

Einer von den Matzederleuten sollte es aber auf keinen Fall sein, da war sie sich inzwischen sicher.
Angestrengt suchte sie den Waldboden nach kleinen Schwammerlkappen ab. Vielleicht war es noch ein bisschen zu früh, aber das Wetter passte. Der Boden war warm und durchtränkt. Ja doch, zwei, drei - nein sogar fünf fast schwarze kleine Rotfüßerl standen in einer Gruppe und fanden den Weg in den Weidenkorb, bald noch ein Dutzend Braunkappen. Immer weiter ging sie in den Wald hinein. Knackende Zweige ließen sie plötzlich aufhorchen und sie schaute hinüber in Richtung der Ansiedlung ‚Kerschbaum', aus der das Geräusch kam, doch erkennen konnte sie nichts. Vielleicht ein Reh, dachte sie, oder es war noch jemand beim Schwammerlsuchen unterwegs, so wie sie. Es knackte wieder. Neugierig schlich sie in die Richtung. Da sah sie doch etwas. Jemand kniete am Boden und kramte in einem Rucksack. Ein Mann war es, der ihr den Rücken zukehrte. Fanni blieb stehen, suchte Schutz hinter einer dicken Tanne. Auch wenn sie es aus der Entfernung nicht direkt erkennen konnte, so ahnte sie, dass er wohl eine Drahtschlinge anrichtete, die für Kleinwild gedacht war. Nach kurzer Zeit richtete er sich auf, hängte sich den Rucksack um die Schulter und bückte sich noch einmal um einen toten Hasen, den er wohl aus einer seiner Fallen gezogen hatte. Dann wand er sich um und ging direkt auf Fannis Versteck zu.
Sie erschrak und dachte einen Augenblick daran, davon zu laufen. Dann aber besann sie sich, trat hervor, täuschte die ahnungs-

lose Schwammerlsucherin vor. Nun erkannte sie ihn auch. Es war der Diesinger Jakob. Der trieb sich früher manchmal mit der Haas-Bande herum. Auch er war schon einmal auf ihrem Strohboden oben, als sich Räuber bei ihr versteckt hielten. Jakob war ein ernster, schweigsamer Mann, ein Taglöhner, der wie so viele von einem eigenen kleinen Sacherl träumte. Da er mit seinen Saisonanstellungen nur das Überleben sichern konnte, versuchte er sein Glück, so oft es ging, mit den Räubern. Seine kleinen Augen lagen ungewöhnlich tief in einem breiten Schädel. Er hatte einen finsteren Gesichtsausdruck und Fanni konnte ihn nicht besonders gut leiden. Auch er erschrak ein wenig, doch er sah schnell, dass keine Gefahr drohte.

„Ach, du bist es! Bringst auch was heim, so wie ich?", fragte er.

Sie blickte in ihren Korb.

„Schon, aber leider keinen Braten!"

„Bei mir daheim gibts auch öfter Kartoffeln, Kraut und Mehlspeisen als Fleisch, das darfst du mir schon glauben. Und gefährlich ist es obendrein, was ich hier treibe. Wenn mich der Jäger erwischt, dann bringt er mich für so einen dürren Hasen ein paar Jahre ins Zuchthaus. Und wie gehts dir?"

„Wie sollt es mir schon gehen? Mir fehlt nichts, bis auf das nötige Kleingeld halt."

Etwas verlegen stand er vor ihr, wusste nicht so recht, was er noch sagen sollte und hoffte, dass Fanni noch ein wenig erzählen würde.

„Na, dann schau ich, dass ich noch ein wenig was ins Körberl krieg. Pfiad di, und ich hab dich nicht gesehen."

***

Mit einem klapprigen Fahrrad mühte sich der Postbote den ansteigenden Weg nach Schabing hinauf. Auf dem teilweise zugewachsenen Feldweg musste er sich mächtig schinden. Er rutschte mit einem Fuß vom Pedal und knallte mit seinen empfindlichen Weichteilen auf die Fahrradstange. Fluchend stieg er ab und hielt einen Moment inne. Schwer schnaufend nahm er seine Dienstkappe ab und wischte sich den Schweiß von der roten, nassen Stirn.

„Diese verdammte Sauferei!", dachte er bei sich selbst. Früher hatte ihm die Anstrengung nichts ausgemacht, im Gegenteil! In den ersten Berufsjahren liebte er die Fahrten auf die Bauernhöfe bei schönem Wetter, doch das schien lange zurück. An diesem Tag hatte er auf seinem Dienstgang schon mehrere Male Schnaps oder Bier spendiert bekommen und dies rächte sich nun über den Berg hinauf. Diese abgelegenen Bauern musste er Gott sei Dank nicht oft ansteuern, weil nur äußerst selten Post an sie auszuliefern war. Und wenn er einmal einen Brief für sie in seiner braunen Schweinsledertasche einsortiert hatte, dann war es meist einer von Amts wegen, der nichts Gutes versprach. Trotzdem bekam er als Dankeschön auch hier oft ein Gläschen, ein Stück Speck oder ein Ei, bevor er sich wieder auf den Rückweg machte. Diesmal brachte er etwas ganz Besonderes. Er hatte ja den Absender, die Briefmarken und den Stempel schon ausgiebig studiert. Ein Brief, der seit vielen Wochen unterwegs war und eine halbe Weltreise hinter sich hatte. Er stieg nicht mehr auf, sondern schob sein Rad bis er auf dem Hügel war und den ebenen Hofweg erreichte.

Mit lautem Rufen kündigte er sich schon bei der Einfahrt in den Hof an: „Die Post ist da!"
Es regte sich nichts. Er klopfte an die Haustür, trat schließlich in das unversperrte Haus und in die Stube, rief nochmal und musste erkennen, dass die Erlmayers wohl irgendwo auf dem Feld beim Arbeiten waren.
„Herrschaftzeiten nochmal!", schimpfte der Postbote und kratzte sich am Hinterkopf.
„Ich kann doch den Brief nicht einfach da auf den Tisch hinlegen und wieder wegfahren!"
So ein Mist, jetzt konnte er dieser Bagage auch noch hinterherlaufen. Er ging hinüber zur Scheune, öffnete das Tor und rief noch einmal nach den Bewohnern, dann stelzte er auf Zehenspitzen durch die Brennnesseln zur Rückseite des Gebäudes, die nach Osten zu den Feldern des Anwesens hin lag. In einiger Entfernung konnte er Personen auf dem Feld ausmachen. Wieder rief er, winkte mit dem Brief in der Luft und musste doch einsehen, dass es zwecklos war, von seinem Platz aus gegen den Wind, der aufgekommen war, anzuschreien. Er schnaufte ärgerlich, dann stapfte er zurück zu seinem Dienstrad, schwang sich auf den Sattel und rollte den Weg hinüber zu den Feldarbeitern. Schon von der Weite wedelte er wieder mit seinem besonderen Brief.
Fanni und Annerl stachen mit grobzinkigen Feldgabeln die Kartoffelnester aus dem Boden. Reserl und Xaverl rieben die Erde von den Knollen und sammelten sie in Körbe, die sie ab und an auf den Handkarren kippten. Mit hochrotem Kopf erreichte der Postbote die Gruppe und übergab Fanni endlich den Brief.
„Der ist aus Amerika!", verriet er ihr gleich.

Fanni blickte ungläubig auf den Umschlag, dann sagte sie selig: „Endlich eine Nachricht vom Sepperl!"
So lange hatte sie besorgt auf ein Lebenszeichen gewartet. Inzwischen war fast ein Jahr vergangen, dass sie ihn das letzte Mal gesehen hatten. Sie hatten gehört, dass immer wieder Passagiere auf der Überfahrt an schlimmen Krankheiten wie der Cholera starben. Jeden Morgen, wenn sie am Tisch den Segen für den neuen Tag erbaten, dann beteten sie auch für den Sepp. In den ersten Wochen nach dem Aufbruch, dass Gott ihn auf der Überfahrt bewahren wolle, später dass er sein Tagwerk segnen und ihn in dem großen fremden Land beschützen möge.
Was für eine schöne Überraschung! Fanni konnte nicht länger auf dem Feld weiterarbeiten und wollte auf den Hof zurück und den Brief gleich lesen.
„Kinder, werft schnell alles auf das Wagerl. Ich möchte heimgehen und lesen, was er schreibt!"
Sie gab das Kuvert dem Postboten zurück.
„Geh, sei so gut, nimm ihn du nochmal, ich mach ihn nur dreckig. Am Hof kriegst auch noch einen Schnaps dafür."
Der Dienstmann musste sowieso den gleichen Weg wieder zurück, deshalb kam er der Bitte gerne nach. Als sie mit dem Handwagen die Hofstelle erreicht hatten, legte Fanni schnell die schmutzige Schürze ab, wusch sich Hände und Arme am Brunnen, dann bat sie den Postboten in die Stube. Sie holte aus der Speisekammer eine Flasche vom selbstgebrannten Obstler und goss zwei Stamperl ein. Zur Feier des Tages trank sie selbst auch einen mit. Dann aber wollte sie mit den Kindern allein den Brief öffnen und verabschiedete den durchaus neugierigen Postler

dankend nach einem zweiten Gläschen vom Selbstgebrannten. Andächtig saßen sie einen Moment am Tisch, dann holte Fanni das große Fleischmesser und schnitt endlich damit den Umschlag auf. Freudestrahlend zog sie den gefalteten Papierbogen heraus, öffnete ihn und überflog ohne Worte die Anrede. Sofort protestierten ihre Halbgeschwister.
„Lies halt laut, das geht uns schließlich auch an!"
„Ja, ja, ich les ihn vor!"

**

Ach, das sind wirklich gute Nachrichten. Der Sepp ist gesund, das ist die Hauptsache. Der hat es geschafft und er schreibt, dass er bald eine Arbeit gefunden hat in einer Schlachterei. Nicht zu glauben ist das! Ich denk, dass der schon ein bisschen übertreibt. Das gibts ja gar nicht, dass die jeden Tag hundert Säue schlachten. Wer soll denn das alles kaufen? Auch wenn es so viele Leute in der Stadt gibt, aber das sind ja auch nicht lauter Großkopferte. Hundert Säue jeden Tag! Und der Sepp zerlegt die Hälften in Haxn, Bauch, Schinken und so - es ist fast nicht zu glauben. Und auf dem Schiff ist es ihm schlecht ergangen. Nichts Genaues hat er nicht ausgeführt, aber dass es eine Tortur war, steht da, und dass er ganz ‚haudig' in Amerika angekommen ist. Er hat sich ja auch nicht mehr richtig vorbereiten können. So gut wird die Verpflegung allemal nicht sein und von daheim hat er ja nichts mehr einpacken können. Hals über Kopf ist er davon! Aber ich dank es dir, mein Herrgott, dass du den Sepp in sein Amerika gebracht hast - in die Neue Welt, wie er immer gesagt hat. Und uns geht er so ab, der Hund, da schneidet er lieber Saufleisch, als dass er in der Heimat den Ochsen führt. Es ist eine verkehrte

Welt, aber was weiß ich schon. Ich bin ja noch nicht weiter hinausgekommen als bis nach Straubing.

***

Auf der Ostseite des Stadels hatte Fanni zwischen den Ofenholzstapeln eine kleine windgeschützte Feuerstelle angerichtet. Mit Ziegelsteinen waren in U-Form Wände hochgezogen, darauf Eisenstangen, auf die der Brenntopf gestellt wurde. So brannte sie ihren Schnaps außerhalb des Hauses und musste keinen Rauchfang einrichten.
Diesmal war Xaverl bei ihr. Er schürte die Glut und beobachtete, wie die Feuerzungen den Kesselboden streichelten. Sie hörten schon, wie die Maische zu sieden begann.
„Jetzt kommt was!", rief Xaverl begeistert.
Die ersten Tropfen fingen sie noch nicht auf, das war der giftige Vorlauf des Destillats.
Fanni zählte die Tropfen, fing dann zwei, drei mit einem Löffel auf und roch daran. Es war noch der typische, beißende Geruch. Sie wischte den Löffel an ihrer Schürze ab, legte ein kleines Holzscheit ins Feuer und wiederholte ihre Geruchsprobe. Ganz war sie noch nicht zufrieden, aber inzwischen roch es etwas milder. Noch ein paar Sekunden, dann stellte sie den Becher unter das Rohr. Jetzt hatte sie ein Lächeln auf ihrem Gesicht und beobachtete, wie der Geist zu einem dünnen Rinnsal anschwoll.
Mit ihrem Löffel kostete sie erneut. Am Anfang war das Aroma besonders intensiv. Es würde ein guter Schnaps werden! Inzwischen hatte sie die Kniffe heraus. Für eine gute Maische suchte sie

immer nur schöne vollreife Früchte aus, schlechte Stellen schnitt sie weg und hielt alles sehr sauber.

Aus einem Holzkübel schöpfte sie nun kaltes Wasser und kühlte damit das Rohr, in dem der Alkoholdampf zum Obstler kondensierte. Der Geschmack des ganzen Sommers konzentriert sich in einem Gläschen Brand. Die Fichtenscheite knisterten und loderten und gaben die richtige Hitze, sodass der glasklare Schnapsstrahl nicht mehr abriss. Nach einer Stunde war eine irdene Flasche abgefüllt und einer zweiten fehlte nur noch ein halber Becher. Fanni löffelte und verfolgte das langsam schwächer werdende Aroma.

„Da komm ich ja grad zur rechten Zeit!", hörte Fanni plötzlich eine Männerstimme im Rücken.

Sie erschrak und fuhr herum. Doch als sie sah, wer da vor ihr stand, da begann ihr Herz zu pochen. Für einen Augenblick blitzte eine helle Freude in ihr auf, die jedoch sofort durch einen tiefen Zorn weggewischt wurde. Georg Zinnsberger, der Schuft, der ihr das Herz gebrochen hatte. Der Vater ihrer kleinen Karoline. Wohl wahr, dass er nichts von seinem Kind wusste, aber er hatte ihr seine Liebe geschworen. Erst hatte sie seine Verletzungen versorgt, ihn verpflegt, sich ihm hingegeben und dann war er plötzlich weg. Keiner seiner alten Kameraden wusste, wohin er gegangen war und seit Jahren gab er kein Lebenszeichen. Männer können das. Noch während sie dir den Hintern streicheln, sind sie im Kopf schon weit weg von dir.

„Was fällt dir ein, dich nochmal bei mir blicken zu lassen?", schnauzte sie ihn an.

„Mir war gerade nach einem Becher Schnaps und einem Busserl von dir!"

Dieser unverfrorene, freche Kerl! Das war doch die Höhe.
„Was glaubst denn du überhaupt? Du meinst wohl, du kannst nach Jahren einfach wieder aufkreuzen, als sei nichts gewesen? Zuerst tust du mir schön und dann lässt du mich einfach sitzen und bist ohne ein Abschiedswort weg. Soll ich dir jetzt wieder den Arsch hinhalten, oder was? Pfui Teufel, sag ich, jetzt brauch ich dich auch nimmer!"
„Geh Fanni, jetzt sei doch nicht so grantig! Wir haben zusammen eine schöne Zeit gehabt, aber es war doch damals nicht so ernst."
„Nicht so ernst? Für dich nicht, das hab ich gesehen, aber mir war es ernst. Schau bloß, dass du weiterkommst, du Saukerl!"
Sie war richtig zornig. Schnell gab ein Wort das andere und ohne dass sie es wollten verletzten sie sich gegenseitig mit Vorhaltungen und Schimpfnamen, bis Georg sie packte und schüttelte.
„Du blöde Kuh! Du solltest froh sein, wenn du einen wie mich an deiner Seite haben kannst. Aber du bist ja viel zu dumm, um das zu kapieren!"
Dann stieß er sie rückwärts gegen die Holzwand des Schuppens. Ihr rechter Ellbogen schrammte die Holzbretter hinunter, denn sie war gestolpert und fiel auf ihren Hintern. Das tat verdammt weh. Ihre Hand stütze sich gegen den Boden und griff ein Holzstück. Als sie wieder hochkam, hatte sie den abgebrochenen Stiel eines Rechens in der Hand und drohte Georg damit.
„Lass den Schmarrn, ich geh ja eh schon wieder. Ich hab mir das Wiedersehen heute zwar anders ausgemalt, aber sei gewiss, das war das letzte Mal, dass du mich gesehen hast!", schnaubte er.
Er kehrte ihr den Rücken und ging mit schnellen Schritten zurück in Richtung des Waldes.

„Das hoff ich auch. Ich brauch dich nicht, jetzt nicht mehr!"
Gekränkt und unglücklich schaute Fanni ihm nach, bis er hinter den großen Holunderbüschen verschwand. Als sie sich weinend zu ihrem Destillierkessel umdrehte, sah sie, dass der Schnapsbecher bereits voll war und überlaufender Brand auf dem Holzbrett einen großen dunklen Fleck bildete. Sie griff nach einem zweiten Becher und tauschte ihn aus. Mit dem randvollen Emaillebecher setzte sie sich auf den alten Hackstock neben ihrer Apparatur und nahm einen großen Schluck daraus. Der scharfe frische Obstler brannte ihr die Kehle hinunter bis in den Magen. Sie musste husten.

„Der macht warm!", dachte sie bei sich, und dann trank sie noch einmal. Die Tränen liefen ihr über die Wangen. So oft hatte sie sich nach Georg gesehnt und sich gewünscht, er würde wiederkommen. Und nun, als es soweit war, hatte sie ihn vom Hof gejagt. Jetzt machte sie sich Vorwürfe. Es wäre sicher alles ganz anders gekommen, wenn Georg von seinem Kind gewusst hätte. Heute wäre die Gelegenheit gewesen, reinen Tisch zu machen und ein neues Leben anzufangen. Mit Georg, als Bauer, hätte es eine Zukunft für die Familie und den Hof gegeben. Als sie das Haferl über die Hälfte ausgetrunken hatte, fiel es ihr schwer, noch klare Gedanken zu fassen. Ihr war plötzlich schrecklich schwindlig.

***

Herrgott erbarm dich meiner, Herr Jesus Christus, erbarm dich meiner! Mir brennt es die Kehle hinunter - und mir brennt das Herz. Mir brennt

das Herz und ich hab eine Unruhe in mir, dass ich davonlaufen möchte. Hinaus auf den aufgebrochenen Acker, so lange bis mich die Dunkelheit umschließt. Ich möchte mich in der Weite deines Landes verlieren, mich verbergen im Schwarz der Nacht. Hier auf dem Hof ist alles so eng und so umschlossen von all dem bösen Geist der Sünde und der Armut. Mir wird schlecht, wenn ich den Erinnerungen der alten Zeit nachhänge. Erbarm dich, Herr Jesus, und mach mich frei von dem Zeug!
Und schenk mir halt einen Mann, an dessen Seite ich mich nicht aufgeben muss!

***

Als Fanni am 10. Juli 1860 Jakob Diesinger heiratete, da war sie schon 34 Jahre alt, von den Halbgeschwistern wohnten nur noch der zwölfjährige Xaverl und ihre eigene knapp fünfjährige Tochter Lina auf dem Hof.

Beide verspürten keine große Liebe zueinander. Beide sahen im Gegenüber nicht die begehrenswerte Person, ohne die sie nicht sein mochten, aber das war in ihrer Zeit und in den armen Jahren ihres Daseins auch keine Bedingung für die Ehe. Sie entschieden sich aus der Erkenntnis heraus, dass es zusammen halt besser gehen werde als jeweils allein. Die Zukunft mochte ihnen weiterhin nicht die gebratenen Tauben in den Mund legen, mochte sie im Gegenteil mit allerhand Widrigkeit plagen - als Paar waren sie stärker als zweimal Einer.

Während der Hochzeitswoche kam Jakob mit seinen Habseligkeiten auf den Hof und richtete sich ein. Viel Brauchbares war nicht dabei, bei dem, was er vom Wagen hob, aber er brachte ein wenig erspartes Geld, und das war wertvoll.

Von Anfang an war er ein Grobian, das hatte er nie verborgen, aber seiner Frau versprochen, gut zu sein. Sie hätte es besser wissen müssen. Für die Kinder hatte er selten ein gutes Wort. Fanni wusste nicht, was sie von so einem Ehemann erwarten konnte. In ihrem Leben hatte sie von Männern bisher nicht viel Gutes erfahren. Ihren leiblichen Vater kannte sie nicht. Ihr Stiefvater verabscheute sie, solange er nicht darniederlag, und die Ohrfeigen schmerzten ihr noch immer in ihrer Seele. Die vermeintliche Liebe, die sie bei dem Räuber Matzeder verspürte, wurde jäh enttäuscht und auch Zinnsberger befriedigte nur eine kurze Weile seine eigene Geilheit und ließ sie sitzen. In ihrem Leben gab es bis dahin nicht einen einzigen Mann, der sie nicht zu seinem Eigennutz missbraucht hatte.

Dass Jakob ihr die Liebe nicht versprach, machte ihn in Fannis Augen glaubwürdig. Sie war zufrieden, mit ihm in gutem Einvernehmen leben zu können. Er würde die starke Hand sein, die auf dem Hof jeden Tag gebraucht würde.

Zur Hochzeit gab es eine kleine Feier. Fanni hatte das schwarze Brautkleid von einer Cousine ausleihen dürfen und mit der Verwandtschaft feierten sie beim Wirt von Ruppertskirchen bis zum Abend.

***

Mit einem eleganten schwarzen Gehrock stolzierte der Agent vor seinen Zuhörern auf dem Ulrichsmarkt in Simbach wie ein Pfau auf und ab. Auf einer Holztafel hing ein Plakat, auf dem ein großes Segelschiff abgebildet war, worauf er von Zeit zu Zeit mit einem Zeigestab tippte.

„… es sind nur die besten und modernsten Vollschiffe, darauf erfahrene Kapitäne, die von der ‚Hamburger Amerikanischen Paketgesellschaft' in Vertrag stehen. Die Gesellschaft verbürgt sich für äußerst komfortable Unterbringung bei täglicher Beköstigung mit gesunden Fleischspeisen von Ochs und Schwein!"

Viele waren es, die gespannt den Worten des Herrn mit der feinen hochdeutschen Aussprache lauschten. Gerade den kleinen Leuten machte er sozusagen den Mund wässrig mit seinen Lobpreisungen auf die Neue Welt, in der jeder tüchtige Knecht ein Herr werden könne, jeder Handwerksbursch ein erfolgreicher Gewerbetreibender und jeder Kleinbauer, mit etwas Vermögen und Mut, ein Landgraf. Zu schön klangen die Geschichten, und doch schien darin kein Falsch, hatten doch schon viele Briefe von wagemutigen Auswanderern ihre Lieben daheim erreicht und dies tatsächlich, als selbst erlebt, bestätigt.

„… ich, Johannes Dahlen aus Hamburg, kann es euch bei meiner Ehre versichern, liebe Leute: Dieses reiche und satte Land ist eure Zukunft. Und dieses Land wird euch von der Regierung von Amerika geschenkt! Ja, ihr hört recht! Es ist ein Contract und bedingungsloses Angebot für Siedler aus der ganzen Welt. Jedem, der den freien Grund und Boden absteckt und ihn für fünf Jahre bewirtschaftet, wird das Land überschrieben zum frei verfügbaren Eigentum. Dies gilt natürlich nicht bis zum Sankt Nimmerleinstag! Jetzt ist die Zeit, doch jeden Tag, stellt euch das einmal vor, jeden Tag kommen tausend Auswanderer dort an. Zauderer

sind da nicht zu gebrauchen. Diejenigen aber, die guten Mutes und fleißig sind, die werden alle reich. Und wenn das jetzt noch leere Land vergeben ist, dann ist es vorbei! Ich selbst, Johannes Dahlen, werde noch in diesem Jahr ‚meine Segel streichen', wie man im Norden so schön sagt, und ebenfalls auswandern, um in Amerika ein Handelshaus zu betreiben. Mir ist davor nicht bange, das kann ich Ihnen versichern, sondern ich freue mich darauf, mit Gottes Segen groß zu werden!"
Ein Raunen und Staunen ging durch die Reihen. Zerlumpte Burschen, die als Knechte und Tagelöhner arbeiteten, rieben sich noch etwas ungläubig die stoppeligen Kinnladen.
„Alle erdenkliche Hilfe bekommen Sie in meiner Agentur! Sie können eine Passage reservieren und auch die Anreise zum Hafen bei mir buchen!"
Auch Fanni und Jakob waren stehen geblieben und hörten aufmerksam zu. So oft das Wort Amerika irgendwo fiel, spitzte Fanni die Ohren. Zum einen natürlich, weil ihr Bruder sein Glück dort versuchte, andererseits, weil sie insgeheim auch manchem Gedanken an eine neue Freiheit nachhing. Es klang so einfach und so hoffnungsvoll. Genau so, wie der Agent es beschrieb, musste es sein! Auch Sepp war auf dem guten Weg, nach der Anstellung in der Schlachterei und gutem Verdienst, eines Tages das versprochene Land zu nehmen und sein eigener Herr zu werden.
„Was meinst du dazu, Jackl?"
„Eine Bauernfängerei ist das! Das wär ja ein schönes Land, wo all die Verkrachten, die Zuchthäusler und Taugenichtse zusammenkommen. Schau dir doch die Auswanderer an - da ist kein Ge-

scheiter dabei! Um keinen von denen ist es schade, wenn er weggeht."

„So hart darfst nicht über die kleinen Leute reden, wir sind ja auch kaum besser als die meisten. Wenn doch das Land so groß ist. Der Sepp hat es auch geschrieben, dass es viel leichter ist als bei uns."

„Der Sepp? So ein junger und starker Kerl - der hätt daheim auch eine Arbeit gefunden. Noch hat er keinen eigenen Hof. Noch träumt er davon. Wart nur ab, bis ein paar Jahre ins Land gegangen sind, dann wird er uns um Geld anbetteln, damit er wieder zurückkommen kann. Aber das sag ich dir gleich: Von uns kriegt der nichts mehr!"

„Ich hab noch von keinem gehört, der zurückgegangen wär und was der Sepp geschrieben hat, das ..."

Jakob wollte sich nicht länger auf diese Diskussion einlassen.

„Jetzt halt dein Maul und gib endlich Ruhe mit deinem Amerikaschmarrn!", fiel er ihr zornig ins Wort, drehte sich um und ging weiter zum nächsten Verkaufsstand, wo ein Seiler seine Waren ausgebreitet hatte. Jakob kaufte verschiedenes Kleinzeug.

Am Nachmittag schickte er seine Frau mit dem Leiterwagen, auf dem nun auch ein Holzkasten mit ein paar Hühnern Platz gefunden hatte, nach Hause. Er selbst wollte noch ins Wirtshaus, um mit Bekannten eine Maß Bier zu trinken. Dagegen war nichts zu sagen, aber leider blieb es halt nie bei einer Maß, wenn er sich zu den alten Kumpels setzte. Das erste Bier war schon immer etwas Besonderes. Aus dem mit Eis gekühlten Holzfass schmeckte der herbe Gerstensaft so wunderbar frisch, wie es nichts Vergleichbares gab. Zwei, dreimal füllte der Wirt den Krug in kurzer Zeit, dann war der erste Durst gelöscht und dann trank er langsamer. Als es schon dämmerte, zahlte er für sechs Halbe und torkelte benommen zur Wirtsstubentür hinaus.

An der frischen Luft spürte er seinen Rausch gleich doppelt so stark. Als würde ihm jemand mit dem Löffel das Hirn umrühren. Er setzte sich nochmal auf die Holzbank vor dem Haus, lehnte den Kopf zurück an die Wand und schloss die Augen. Als er Stimmen von einem Nachbarhaus hörte, rappelte er sich auf und machte sich stöhnend auf den Weg.

Die kühle Abendluft tat gut. Begleitet von Vogelstimmen und dem Zirpen der Grillen erreichte er den Hof und fühlte sich wieder recht gut. Im Stall brannte Licht. Er ging in die Küche und nahm sich die Flasche Apfelschnaps mit an den Tisch, wo er sich auf die Bank niederließ, zog den Korken heraus und genehmigte sich einen großen Schluck.

„Hast noch nicht genug?", drang die Stimme seiner Frau vorwurfsvoll an sein Ohr.

„Was gehts dich an?"

„Ich mein halt, dass du eh lange genug im Wirtshaus warst beim Bier!"

„Lass das meine Sache sein."

Fanni ging zum Tisch und griff nach der Flasche, um sie Jakob wegzunehmen. Doch er war schneller und fasste sie am Handgelenk und zog sie zu sich herunter. Mit der anderen Hand packte er sie am Genick und knallte ihren Kopf auf die Tischplatte.

„Misch dich nicht nochmal in meine Angelegenheiten, du Miststück!", schrie er ihr spuckend ins Gesicht.

„Lass mich aus, du tust mir weh!"

Er ließ ihren Kopf los und sie konnte sich wieder aufrichten. Doch er hatte nur losgelassen, um noch einmal richtig auszuholen. Brutal schlug er ihren Kopf noch einmal auf den Tisch, dann stieß er sie zurück. Sie fiel auf den Küchenboden und verlor für einen Moment das Bewusstsein. Jakob stand auf und gab ihr noch einen Tritt in die Seite, dann stapfte er schwer die Treppe zur Kammer hinauf, ohne sich weiter zu kümmern.
Fannis Augenlider zitterten und öffneten sich mit einem verschwommenen Blick, der in die dunkle Ecke der Stubenbank gerichtet war, wo die Hühner übernachteten. Sie spürte, wie ihre rechte Backe schmerzhaft pulsierte. Blut rann von ihrer Nase über ihre Lippen und hinunter zum Hals, von wo es auf den dreckigen Steinboden tropfte.
Mehr als die Schläge schmerzte die Demütigung.

***

Ach mein Herrgott, was hab ich nur verbrochen, dass du mich so sehr strafst in diesem Leben? Schau halt herab auf meine arme Seele und erbarm dich meiner. Wie gern möchte ich anders denken können und beten und danken für deinen Segen und die Gaben, die du schenkst, aber ich hab zu klagen genug. Mag es dein Wille sein, dass ich das alles jetzt schon aushalten muss als Strafe für meine vielen Sünden?
Aber war es nicht genug, dass ich hab leiden müssen unter meinem Stiefvater über so viele Jahre? Ich hab wirklich drauf gehofft, dass alles besser werden kann und ich jetzt endlich Frieden werde finden können mit einem Mann an meiner Seite, der mich nicht lieben muss, aber zumindest achtet und mir nichts Böses will. Doch was ist geworden? Viel

elender geht es mir und meistens kann ich überhaupt nichts dafür. Ob das einmal aufhört? Ich bin doch nun schon alt genug geworden und sehn mich einfach nach Frieden. Wie ist es schön, wenn der Jackl einmal nicht daheim ist und ich in den Tag hineinleben kann, wie es mir gefällt! Und gut ist es auch, wenn er den ganzen Tag draußen ist auf dem Feld. Wenn er den schweren Pflug hinterm Ochsen lenkt oder mit der Sense Gras oder Korn mäht. Wenn er dann heimkommt und hungrig und müde ist und nach dem Essen ruhig dasitzt. Mit sich selbst und seinem Tagwerk zufrieden, dann hat er auch einmal ein gutes Wort und mag nach ein paar Schnaps sich zum Schlafen hinlegen.
Kann denn der Mensch vom Schlechtsein nur lassen, wenn er selbst geschunden und erschöpft ist? Kann es kein Gutsein geben zwischen zwei Eheleuten, ohne dass der eine den anderen hinunterdrückt in den Schmutz?
So ist es nicht gut, und so kann ich auch nicht weiterleben, bis ich alt und grau geworden bin. Ich wünsch mir sogar schon manchmal, dass es dem Jackl ebenso ergeht wie dem Vater. Dass er eine Krankheit kriegt oder ein Unglück ihn heimsucht. Verzeih mir, Herrgott, dass solche Gedanken in meinem Kopf sind. Ich kann nichts dafür, weil sie hineinfliegen wie die Schwalben in den Stall. Und wenn ich sie hausausscheuche, dann kommen sie doch wieder, weil der Jackl auch das Fluchen und Schlagen nicht lassen kann. Bitte Herrgott mach ein Ende mit diesem Krampf. Ich bitte dich auch der Kinder willen, die genauso leiden wie ich!

***

In der Nacht, als das Haus brannte, war Jackl nicht daheim. Er war wieder einmal in Ruppertskirchen beim Wirt.
Keiner wusste, wie es dazu kam. Die Kinder schliefen schon und Fanni ging nochmal hinüber zum Hühnerstall, um das ‚Hühnerloch' zu schließen. Dann schaute sie im Stall nach dem Rechten. Als sie wieder auf die Haustür zuschritt, entdeckte sie den seltsamen hellen Schein am Hausdach, der sich so sonderbar gegen den finstern Himmel abzeichnete. Ein rätselhafter Heiligenschein. Fanni dachte an den Mond, der wohl hinter dem Haus stand, sodass sie ihn nicht sehen konnte. Plötzlich züngelte neben dem Kamin eine gelbe Flamme in die Dunkelheit. Klein zuerst, gleich darauf aber größer und wilder. Fanni erschrak. Etwas drückte ihr Herz zusammen, dass sie meinte, es müsse versagen. Sogleich aber spürte sie es wie verrückt bis in den Hals hoch schlagen, wie die Hammerschläge eines Hufschmieds. Für einen Moment stand sie wie gelähmt. Kein klarer Gedanke - nur gelbe Zungen am schwarzen Firmament und ein panischer Wirrwarr in ihrem Kopf.
Die Kinder! Sie musste die Kinder retten!
Sie lief ins Haus und war überrascht, dass sie es so vorfand, wie sie es vor einer Viertelstunde verlassen hatte. Sie hielt inne und horchte einen Moment. Stille. Es roch nach gärendem Sauerkraut, das in der Küche stand, nicht nach Feuer. Hatte sie geträumt? Ob sie wohl allmählich sonderlich wurde?
Da krachte etwas am Dachboden und holte sie in die Wirklichkeit zurück. Schnell eilte sie die Holztreppe hinauf ins obere Geschoss und sah, wie Rauchfahnen aus den Ritzen der Dachstuhltür drangen. Es war kein Traum! Der Dachboden stand in Flammen und

sie musste retten, was zu retten war. Xaverl und Lina riss sie aus den Betten und brachte sie mit einer Handvoll Kleider hinunter in den Garten. Als sie noch einmal die Treppe hinauflief, um aus der Kammer die Wertsachen zu holen, brannte die Holztür zum Dachboden lichterloh und beißender Rauch drückte nun in alle Zimmer. Sie öffnete das Fenster und warf das Kästchen hinunter, in dem sie ihr Barvermögen aufbewahrten. Dann warf sie hinunter, was immer sie noch zu fassen bekam. Kleider, Bettzeug, Decken, Schmuck und Kerzen, das Kruzifix und den Stuhl hinterher. Sie konnte den Rauch nicht mehr länger ertragen, sprang die Treppe hinunter und warf auch in der Küche alles, was ihr möglich war, aus dem Fenster hinaus.

„Fanni!" hörte sie plötzlich den Jackl rufen. Gott sei Dank, er war da und konnte helfen. Hustend lief sie die Haustür hinaus und auf ihren Mann zu.

Als sie vor ihm stand, blickte sie in ein hasserfülltes, böses Gesicht. Mit einem gewaltigen Faustschlag hieb er sie zu Boden.

„Du Mistvieh, du blödes! Mein Geld verbrennt!"

„Ich hab unser Kasterl aus dem Fenster geworfen, ich hab viel retten können!"

„Ach, das im Kasterl. Um das gehts doch nicht. Ich muss nochmal hinein!"

Trotz des bedrohlichen Feuerprasselns stürmte er ins Haus. Die Diele leuchtete unheilvoll, doch er konnte das Geld nicht der Glut überlassen.

Das darf doch nicht wahr sein! Der hat sein eigenes Geld gehabt und es vor mir versteckt. Ich hab mich schon immer gewundert, womit der seine

Räusche bezahlt. Da haben wir uns so oft aufs Maul gehauen und nichts Rechtes mehr zum Essen gefunden und der hat sein eigenes Vermögen vor uns versteckt, damit es fürs Bier allemal langt. Was ist das nur für ein Mensch?

Xaverl und Lina weinten sich die Seele aus dem Leib. Sie zogen an ihrer Mutter, die benommen nur mühsam auf die Beine kam. Sie stieß verbittert die Kinder von sich und humpelte langsam auf die Haustür zu. Fanni fingerte den innen eingesteckten Schlüssel aus dem Schlüsselloch, zog die Tür zu und drehte von außen den Schlüssel um. Blut, Rotz und Tränen wischte sie sich mit dem Ärmel von der Nase. Während inzwischen aus allen Fenstern Feuer und Hitze schlugen, stand sie wie betäubt und stierte auf die Klinke der Haustür. Er soll verrecken, der gemeine Hund! Er soll sie nicht noch einmal schlagen. Er soll mitsamt seinem Schwarzgeld zur Hölle fahren. Gedanken blitzten in ihrem Kopf und schienen miteinander zu ringen.
Schuldig machen! Schuldig machen! Ich möchte mich doch nicht schuldig machen! Soll ich ins Zuchthaus, wenn das rauskommt? Die Kinder haben es gesehen. Auch wenn sie es mir versprechen müssen, dass sie nichts sagen, so könnte es doch rauskommen. Kinder sagen die Wahrheit, sie verplappern sich. Von Federn auf Stroh, vom eigenen Sach auf den Strohsack im Zuchthaus. Nein Herrgott, das darf nicht sein! Du wirst Gericht halten über den Jackl, aber ich möcht mich nicht versündigen. Wenn ich nicht solche Angst hätte vor dem brutalen Kerl. Es war ja bisher schon schlimm genug, aber wenn er jetzt wieder rauskommt, dann hab ich nichts mehr zum Lachen. Entweder ich häng mich auf, oder ich lauf davon!

Sie wollte und musste nun ein neues Leben beginnen, das stand fest. Dafür musste Jakob aber nicht sterben. Sie wollte stark genug sein, um zu gehen. Schnell sprang sie zur Haustür und schloss wieder auf. Nein, sie wollte ihn nicht umbringen. Ihr Gewissen würde sie jeden Tag anklagen und bis in die Träume verfolgen. Soll er doch wieder herauskommen mit seinem Geld und hingehen, wo der Pfeffer wächst. Sie würde zum Sepperl nach Amerika auswandern.
Die Tür ging nicht mehr auf und Jakob kam nicht mehr zurück. Was für ein Glück!
Fanni hatte Mühe, die Kinder vom Haus wegzubekommen. Sie weinten und konnten es nicht verstehen, dass ihr Zuhause zerstört war. Es gab nichts mehr zu tun, nichts mehr zu retten. Auch als einige Männer aus den umliegenden Höfen endlich den Brandherd erreichten, konnten sie gegen den übermächtigen Feind nichts ausrichten. Der leichte Ostwind fachte das Feuer an und trieb eine Funkensäule hoch in den Nachthimmel. Er schonte jedoch das Stallgebäude, das sicher auf der abgewandten Seite stand. Dort, wo sich früher die Räuber eingerichtet hatten und zum Teil über Wochen Unterschlupf fanden, dahin brachte Fanni die Kinder und alles, was sie hatte retten können. Über Stroh breitete sie eine grobe Decke und richtete eine Schlafstatt her. Die Kinder waren erschöpft und weinten sich bald darauf in den Schlaf. Während die Nachbarsmänner das inzwischen zum Skelett reduzierte Haus bewachten, hockte Fanni mit versteinerter Miene im Türstock ihrer neuen Bleibe.

Was für ein Trümmerfeld ihr Leben doch war. Wie konnte ihr nur alles zum Verderben werden? Konnte es denn für sie niemals Frieden geben? Wieder war alles zusammengebrochen, was sie sich über viele Jahre aufgebaut hatte. Fanni hatte die Knie angezogen und legte ihren Kopf darauf. Ihr Rock stank nach Rauch. Abwesend starrte sie auf ihre schmutzigen, verschmierten Handflächen, dann griff sie nach der Schnapsflasche, die sie mit vielen anderen Lebensmitteln in Sicherheit hatte bringen können und nahm einen großen Zug daraus. Es war ihr egal, dass einer der Männer verständnislos den Kopf schüttelte. Sollten sie doch tuscheln und meinen, sie wäre womöglich im Rausch unachtsam gewesen und für das Unglück gar selbst verantwortlich - es war ihr egal. Der Schnaps wärmte sie, er ließ sie ruhig werden. Wieder und wieder ließ sie den scharfen Obstler ihre Kehle hinunterrinnen.

***

Was doch alles brennt in meinem Leben. Das Zuhause brennt nieder, bis nichts mehr übrig ist als rauchende Asche. Die Sehnsucht brennt in meinem Herzen, dass ich hinaus will in die Welt. Das alte, armselige Fristen und das Kuschen will ich hinter mir lassen. Eine kleine Freude und eine Hoffnung glimmen heimlich, weil ich den Jackl nimmer ertragen muss. Es ist allemal besser, allein zu sein, als verheiratet. Aber es brennt mir auch das Entsetzen dieser Katastrophe in meinem Hirn. Die Leute werden über mich reden und sagen, dass ich meinen Mann umgebracht und das Feuer gelegt habe, weil ich es mit dem Teufel hab. Verflucht bin ich und der Räuberunterschlupf auf Schabing, wo die Schlech-

tigkeit des Matzeder weitzt. Und der Schnaps brennt mir den Schlund hinab und wärmt noch im Magen.
Aber heut ist nicht die Nacht, wo der Teufel Kinder kriegt.
Heut ist die Nacht, in der Gott mein Leben wenden will! Was die Zukunft bringen will, das liegt allein in seiner Hand. Und ich will mich anvertrauen, Herrgott, so wie die Maria Magdalena sich dem Christus zu Füßen gelegt hat: Jesus Christus, wenn du wirklich mich Sünder erretten willst, dann nimm mich und werde Herr in meinem Leben!
Vater, wo gehts jetzt hin mit mir? Zum Guten oder zum Schlechten? Wer weiß das außer dir?

***

In der folgenden Woche reifte der Entschluss in Fanni immer mehr. Sie würde nicht mehr in der Heimat bleiben wollen, sondern nach Amerika auswandern. Das, was von ihrem Anwesen noch übrig war, das würde sie verkaufen und mit dem Erlös sollte sie die Überfahrt bezahlen und ein Startkapital für die neue Welt mitbringen können. Den Xaverl würde sie in Dienst bei einem Bauern unterbringen und nur ihre Tochter Lina wollte sie mitnehmen.
Der Bürgermeister, bei dem sie vorsprach, konnte ihr einen Agenten vermitteln. Es gab sogar recht bald die Möglichkeit, sich einer kleinen Auswanderergruppe anzuschließen, die aus den umliegenden Dörfern zusammenkam. Ein Dutzend Personen wagten nach wenigen Monaten den Start in das ungewisse Abenteuer.

***

Aufgeregt erreichten Fanni und Lina die breiten Steinstufen, die auf den Bahnsteig hinabführten. Sie zogen an dem mächtigen alten Reisekoffer und ließen ihn die Stufen hinunterrutschen. Wieder blieben die beiden stehen und schauten sich staunend um. Auf dem Bahngleis hockte ein schwarzes Ungeheuer, das dampfte und glotze sie aus drei gelben Augen an. Weißer Dampf stieß zischend aus Ventilen und hüllte das Biest in wabernden Rauch.
„Geh halt weiter!", schimpfte ein junger Bursche, der wohl weniger Respekt vor der Lokomotive hatte, und drängelte sich mit einer hölzernen Reisekiste vorbei.
„Geh weiter, jetzt schick dich halt, dass du dein Gepäck in den Waggon kriegst!", drängte auch Karl Langmeier, der zum Obmann der Auswanderergruppe bestimmt worden war.
„Zum Träumen hast noch lange genug Zeit!"
Sie packte entschlossen ihren Koffer am Eisengriff und folgte dem kräftigen Mitvierziger.
„Wäre auch ganz nett, wenn du mir bei dem schweren Koffer zur Hand gehen würdest!"
„Das fängt ja gut an!", schimpfte er.
„Brauchst nicht glauben, dass ich euch allen jetzt den Deppen mach! Es muss schon jeder selbst schauen, wo er bleibt."
Fanni blieb stehen und stemmte die Fäuste in die Hüften.
„Es ist halt besonders schwer, wenn es so pressiert. Hilf mir doch und pack an!"
Missmutig griff er sich den Koffer und schimpfte: „Mit dir werde ich noch meine Freude haben, das merk ich jetzt schon!"
Etwas mulmig war ihr schon zumute, dass sie ihre Habseligkeiten in einem Sperrgutwaggon ohne Beaufsichtigung zurücklassen

musste. Ihr Geldvermögen trug sie zwar bei sich, aber ansonsten steckte alles, was sie aus ihrem bisherigen Leben hinüberbringen konnte, in diesem Koffer. Erinnerungsstücke an die Mutter und die Geschwister, Kleidung, eine Decke, ein Gebetbuch, Besteck und ein paar Geschirrstücke. Die beiden Personenwaggons waren dunkelgrün lackiert und mit Messingteilen beschlagen. Sie stiegen das Stahltreppchen hinauf, zogen sich an der Relingstange nach oben. Ins Personenabteil nahm sie nur den Rucksack mit, in dem sie Geld, Papiere und ein wenig Proviant verstaut hatte.

Nach und nach füllte sich der Zug. Sie sah zum Fenster hinaus und hinab auf die vielen Menschen, die ihre Angehörigen verabschiedeten. Sie sah in lachende und weinende Gesichter, aber sie fand kein vertrautes, das ihr hätte Glück wünschen mögen. Viele Menschen lagen sich in den Armen, schüttelten Hände und klopften sich auf die Schultern. Kinder winkten mit Taschentüchern. Abschied nehmen - das wurde ihr jetzt bewusst - das würde nicht in Hamburg stattfinden, wenn die Menschen das große Schiff bestiegen, sondern hier in der Heimat. Hier trennten sich Familien, Freunde und Bekannte. Sie schloss die Augen und lauschte in das Stimmengewirr. Sie wollte sich einfach vorstellen, dass die Lebewohlstimmen auch ihr galten. Ein Mensch kann nicht zwanzig, dreißig Jahre seines Lebens wegwerfen, als hätte es sie nicht gegeben. Ein Mensch hat eine Heimat und auch wenn er weggeht, kann er seine Wurzeln nicht leugnen. Er kann sie nicht herausreißen aus dem Boden seiner Sippschaft. Auch wenn Fanni in Amerika neu Fuß fassen wollte, ihr war klar, dass ihre Persönlichkeit in den Erfahrungen der bayerischen Heimat geformt wurde. Sie wollte diese Lebenswurzeln nicht abschlagen und sich hier nicht herausgerissen und verworfen wissen. Vielmehr wollte sie weiterhin einen Platz in der Erinnerung ihrer Familie einnehmen.

Lebe wohl, verhasste und geliebte Heimat! Lebe wohl, Ackerboden, der mich geschunden und genährt hat! Lebt wohl, Freunde, die ihr mich geliebt habt!

Als der Schaffner mit seiner Pfeife das Signal für die Abfahrt gab, saßen die beiden auf den bequem gepolsterten Plätzen. Lina war ganz aufgeregt ob der neuen Eindrücke und schenkte der Mutter ein fröhliches Lächeln. Sie hatte für die Reise ein neues Kleid bekommen, auf das sie sehr stolz war. Sie sollte nicht mit zerrissenem Rock in die neue Welt reisen müssen.
Aus dem Kamin der Lokomotive stieg eine dicke Säule aus schwarzem Rauch empor und trieb nach der rechten Seite, wo Fanni aus dem Fenster schauen konnte. Mit langsamen Pumpstößen mühte sich das Fahrzeug, in Bewegung zu kommen. Das schwarze Ungeheuer blies und fauchte und nahm doch so sanft seine Fahrt auf, dass es in den Waggons kaum zu spüren war. In immer schneller werdendem Rhythmus stieß der Schornstein gleichzeitig Dampf und Kohlerauch in den Himmel, der während der noch langsamen Fahrt, den ganzen Zug einhüllte. Als die Lok das laute Signal blies, erschraken die Reisegäste.
Immer schneller wurde die Fahrt. Bald so rasant, dass kein Rottaler Hengst hätte mithalten können. Fanni hatte das Gefühl, ihr Herz müsse im Takt des eisernen Kessels schlagen. Häuser und Bäume sausten vorbei. Erst nach einer ganzen Weile konnte sie sich wieder beruhigen. Sie hielt die warme Hand ihrer Tochter

fest. Von dieser Raserei war ihr ganz schwindlig geworden. Sie konnten sich nicht sattsehen an dem vielen Land, das an ihnen vorbeieilte. So viele Felder, Wiesen und Wälder. Wem dies nur alles gehörte? Von der Armut, der sie selbst entflohen war, konnte sie nichts bemerken. Die Bahnhöfe, die sie erreichten, waren alle prächtig gebaut und viele hatten erst vor wenigen Jahren den Betrieb aufgenommen.

In Bamberg sollte ein etwas längerer Zwischenstopp eingelegt und schließlich in einen anderen Zug umgestiegen werden. Wie bei den vorherigen Haltepunkten kreischten die Bremsbaken laut, bis sie mühsam den Stahlkoloss zum Stehen brachten. Lina hielt sich jedes Mal die Ohren zu. Weißer Dampf zischte aus vielen Ventilen und hüllte die ganze Maschine in eine große Wolke. Etwas benommen stiegen die Fahrgäste auf den Bahnsteig hinunter. Der Bahnhof wirkte wie ein majestätisches Herrenhaus. Er bestand aus zwei großen dreistöckigen Häusern, die mit einer Halle verbunden waren. Den Haupteingang in der Mitte der Bahnhofshalle erreichte man über zwei breite Treppenstufen aus weißem Marmor und einem vorgebauten Arkadengang. Ein Uhrturm zeigte sowohl zur Straße als auch zur Gleisseite große weiße Zifferblätter mit goldenen Zeigern. Fanni konnte nur staunen über diesen Prunk und war sich nun gar nicht mehr so sicher, ob sie in Amerika wirklich auf eine noch bessere Welt hoffen konnte.

Nach unendlich vielen Haltestationen, zwei Zwischenübernachtungen in einfachen Logierhäusern, Wartezeiten und Zugwechseln erreichten sie die Provinzstadt Harburg an der südlichen Elbseite. Ein direktes Einfahren in Hamburg von der Südroute aus war nicht möglich und so musste die Reisegruppe noch einmal logieren, bis am nächsten Morgen eine Elbefähre die Bagage endlich nach Hamburg übersetzte.

***

Karl Langmeier, der von dem Agenten in der Heimat eingesetzte Gruppenführer, hatte ein kleines Honorar und genaue Anweisungen erhalten, wie er die zusammengewürfelte Gruppe aus der Heimat zu unterstützen hatte. Einen Besseren hätten sie auch nicht einsetzen können: Karl war ein pflichtbewusster, besonnener Mann mit einem guten Orientierungssinn. Schon die anstrengende Anreise mit der Eisenbahn hatte ihm einiges abverlangt, aber er behielt immer einen kühlen Kopf. Der quirlige Hafen allerdings war gar nicht nach seinem Geschmack. Nachdenklich zog er sich den schwarzen Hut vom Kopf und rieb sich den Hinterkopf.
„Oh mei, ist das da eine Gaudi! Wenn wir erst auf dem Schiff sind, dann mach ich das Kreuzzeichen!"
Mehrere Stahlbogenbrücken führten vom Landungssteg auf die Hafenstraße. Im anschließenden Niederhafen lagen schier hunderte von Fähren und Frachtseglern, deren Masten einem kahlen Wald glichen. Fuhrwerke und Kutschen und junge Burschen mit Handkarren standen bereit, um Gepäck und Passagiere abzufangen. Ebenso die sogenannten Litzer, vor denen die Agenten streng gewarnt hatten. Sie versuchten, gutgläubige Ankömmlinge in teure Logierhäuser zu locken, die sie mit Provisionen entlohnten.

***

In einem Verschlag konnten sie alle vorläufig ihr sperriges Gepäck einlagern, bevor es auf die Suche nach dem sogenannten Nachweisungsbüro ging. Dort sollten sie die notwendigen Informationen und Kontaktadressen erhalten.

Karl Langmeier kam sich vor wie ein Depp. Wo war er denn hier nur gelandet? Ein normales Gespräch schien unmöglich. Die Bediensteten im Hafen konnten seinen Dialekt nicht verstehen. Immer wieder musste er seine Fragen wiederholen und ganz langsam sprechen. Obwohl sich das Nachweisungsbüro unmittelbar in der Nähe befand, ließ er sich die Adresse auf ein Stück Papier schreiben. Tatsächlich waren es nur wenige Schritte zu dem dunklen Gebäude, das ganz aus Holz gebaut war.

Der vornehm wirkende Offiziant des Nachweisungsbüros saß hinter einem einfachen, schnörkellosen Schreibtisch. Er trug eine Dienstmütze und sein dunkelblaues Jackett zierte ein Metallschild mit der Aufschrift ‚Auswanderer-Polizei' und das Hamburger Wappen. Er ließ die Gesellschaft aus dem Süden auf den bereitgestellten Holzbänken Platz nehmen und begann dann mit einer ausführlichen Instruktion über alle nun erforderlichen Amtsschritte, die Leistungen der Expedienten, die Einquartierung bis zum Auslaufen und die notwendigen Besorgungen. Bevor die Contracte, die Agenten an die Reisewilligen in der Heimat verkauft hatten, überprüft und Schiffstickets der entsprechenden Reedereien angefordert werden konnten, mussten die Personalien aufgenommen werden.

„Diesinger also, Franziska Diesinger aus Simbach, Bayern, richtig?"

„Ja, so heiße ich, Diesinger."
„Mit wem reisen Sie denn?"
„Wir sind zu zweit. Mit meiner Tochter, der Karoline. Hier, sehen Sie!"
„Ja schon, aber reisen Sie nicht mit Ihrem Ehemann?"
„Nein, nein. Ich bin Witwe. Mein Mann ist verstorben."
Der Beamte nahm sein Monokel von der Nase, holte ein Taschentuch aus der Hosentasche und putzte nachdenklich die Gläser. Dann sah er Fanni streng in die Augen.
„Das geht nicht!", bemerkte er knapp.
„Was geht nicht?"
„Sie können nicht alleine nach Amerika einreisen. Nicht ohne einen Ehemann, einen Vormund, oder einen Bürgen."
„Aber ich habe einen Contrakt!"
„Ja, das verstehe ich auch nicht."
„Ich habe einen Contrakt vom Agenten. Ich habe viel dafür bezahlt und Ihnen kann das verdammt egal sein, ob ich allein oder mit sonst wem auswandere. Ich habe in der Heimat alles aufgegeben und Amerika braucht fromme und arbeitssame Menschen. Ich hab Geld und bin fleißig. Sie haben da überhaupt nichts mehr zum Dreinreden!"
Er nahm nochmal das Papier in die Hand und suchte konzentriert, ob er vielleicht einen besonderen Hinweis übersehen hatte.
„Man wird Sie nicht einreisen lassen. Es ist besser, wenn Sie nicht fahren, glauben Sie mir!"
„Das kommt überhaupt nicht in Frage, ich habe schon bezahlt! Ich habe mein Haus und alles verkauft, um nach Amerika zu gehen!"

„Schon, schon. Aber Sie sind eine alleinstehende Frau. Noch dazu mit einem Kind. Wer soll denn in Amerika für Sie aufkommen? Darum geht es doch. Glauben Sie denn, die wollen da drüben Leute, die dem Staat auf der Tasche liegen oder kriminell werden?"

Nachdem sie noch lange diskutiert hatten, wurde es dem Beamten zu dumm. Angesäuert hieß er Fanni Platz nehmen und warten, bis er die anderen Anfragen erledigt hatte. Erst nach einer halben Stunde war er soweit und winkte sie mit dem Zeigefinger nochmal zu sich.

„Ich kann Ihnen gar nichts versprechen. Aber ich denke, Sie sollten im Hauptbüro beim 1. Beamten des Nachweisungsbüros vorsprechen. Gehen Sie morgen um 10 Uhr dort hin, ich selbst werde vorher Herrn Lehmann ihre Personalkarte übergeben."

„Wo ist denn das? Das kann ich doch nicht finden!"

„Unser Hauptbüro befindet sich im Hause der patriotischen Gesellschaft. Das liegt an der Trostbrücke zwischen der Nikolaikirche und der Börse. Sie können das nicht verfehlen."

Zunächst allerdings musste sich die Auswanderergruppe in einem Logierhaus einquartieren. Auch das war in der Behörde gut organisiert. Der Beamte übergab Karl eine lange Liste mit mehr als 50 Adressen von zugelassenen Auswanderer-Logierwirten im Stadtgebiet. Die Zimmerpreise variierten nur wenig.

„Mei, da müssen Sie mir aber einen Ratschlag geben. Gut und billig muss es halt sein, sonst sind wir ja schon pleite, bevor wir überhaupt auf das Schiff kommen!"

„Nun, ich muss mich dergleichen neutral halten, aber kommen Sie einmal hier herüber, dann zeige ich Ihnen ein paar Häuser auf der Stadtkarte."

Sie drängten sich um eine große Karte, die an der Wand hing, und einen Teil des Stadtgebiets darstellte.

„Hier in den Straßen am Nieder- und am Binnenhafen gibt es eine Menge Logierwirte und natürlich auch alle möglichen Händler mit den Sachen, die Sie sich noch besorgen müssen. Lassen Sie uns mal sehen. Hm … das große Auswandererhaus Meyer, glaub ich, ist ziemlich ausgebucht. Ich würde mich an Ihrer Stelle, äh, hier einquartieren. Im ‚Neuen Auswanderer-Haus' bei Behrens an der Hohen Brücke bekommen Sie allemal ein sauberes Quartier für 12 oder 13 Groschen die Nacht. Behrens hat sogar ein eigenes Magazin mit Reisebedarf. Falls Ihnen das nicht zusagt, was ich nicht annehme, dann könnten Sie bei Jansen in der Deichstraße oder im Logierhaus Pohl in der Catharstraße anfragen. Die drei Häuser sind alle gut und liegen nur wenige Minuten voneinander entfernt."

„Ja, Dankeschön, da probieren wir es."

„Sehr schön, dann kommen Sie übermorgen bitte alle wieder hierher. Bis dahin habe ich Ihre Passagescheine vorbereitet. Wenn ich Ihre Logieradresse weiß, dann vereinbare ich mit dem Arzt der Auswandererbehörde einen Untersuchungstermin, an dem Sie bitte alle dort zur Verfügung stehen wollen!"

Die ganze Gruppe stand im Halbkreis um den steif gestikulierenden Preußen und lauschte interessiert und beeindruckt seinen Erklärungen.

„Noch Fragen für heute?"

„Äh ja, schon", fiel es Karl noch ein „wann legt denn dann unser Schiff ab?"

„Sagte ich doch schon, oder? Kommen Sie übermorgen alle nochmal zusammen hierher, dann kann ich Ihnen sagen, wann und mit welchem Schiff Sie auslaufen werden!"

Ohne ein weiteres Wort schaute er streng in die Runde.

„Gut, dann bringt Sie ein Junge mitsamt Ihrem Kleingepäck jetzt in die Stadt. Sie werden wohl circa eine halbe Stunde laufen!", tönte er mit erhobener Stimme und beendete seinen Aufnahmediskurs.

Nachdem all ihr Gepäck auf einen Schottischen Karren geladen war, marschierten sie mit einem halbwüchsigen Kerl los. Beim Hafentor bogen sie nun links ab und ließen den Hafen mit seinen hunderten von Segel- und Dampfschiffen hinter sich.

Karl kritzelte skizzenhaft den Weg in sein Heft.

„Hm, vom Hafentor links in das Eichholz, also."

Auf der gepflasterten Straße klapperten Fuhrwerke, die Waren für die zahlreichen Geschäfte heranschafften. Stolze Ladenbesitzer mit Hut und schwarzen Anzügen wiesen die Arbeiter an. Die Geschäftshäuser, Wirtschaften, Manufakturen und andere Gebäude standen ohne Abstand eines neben dem anderen und wirkten trotz ihrer Ausmaße schmal, da ein jedes sechs bis acht Stockwerke emporragte.

Vor Staunen bekam Fanni den Mund nicht mehr zu. Hier gab es alle Waren, die man sich nur vorstellen konnte. Egal, ob Gebrauchssachen wie Eisenwaren, Sattelzeug, Seile, oder auch alle möglichen Dinge des Konsums. Vor einem Kolonialwarengeschäft stand auf der oberen Eingangsstufe neben der Haustür ein aus

Holz geschnitzter und bemalter Mohr mit einer Tafel und warb für Tee, Kaffee und Gewürze. Ein Schaufenster war mit den schönsten und kostbarsten Hüten dekoriert. Kein Wunder, dachte sie sich, dass hier sogar schon kleine Buben, wie sie sie im Hafen gesehen hatte, nicht ‚barkopfert' gehen. Doch wer kann sich das alles kaufen? Über diesen Reichtum konnten sie sich nur wundern. Am Ende der Straße erreichten sie einen großen Platz, den Schaarmarkt, wie ihr Führer bemerkte. Auf der linken Seite war der Blick hier frei auf den sogenannten ‚Michel', der Hauptkirche der Protestanten in der Stadt. Ein wunderschöner runder Bau mit hohen, paarweise stehenden, bemalten Fensterbögen. Der Turm war mit Kupferblech eingeschlagen, das über die Jahrzehnte ganz schwarz angelaufen war. Die Turmspitze thronte auf einer Säulenkuppel.

Der Bursche drängte weiter. Er bekam sein Geld schließlich nicht für eine Stadtbesichtigung und wollte deshalb die Auswanderer nun möglichst schnell wieder loswerden. Der Schaarsteinweg war nicht mehr so breit und darum dunkler zwischen den Häuserreihen. Auch hier waren Logierhäuser mit Übernachtungsmöglichkeiten angeschrieben, doch sie zogen weiter, überquerten den Herrengrabenfleet und den Alsterfleet und erreichten schließlich wieder Hafengelände. Hier waren sie am Binnenhafen angekommen und der zeigte ihnen ein ganz anderes Hafenbild: Hier lagen kleinere Schiffe und ein Heer von Booten, die zur Versorgung der Stadt ihre Fronträume löschten. Eines der größten Häuser am Kai trug die Aufschrift ‚Neues Auswanderer-Haus' und den Namen des Geschäftsmannes E. Behrens. Es wurde ihr Quartier bis zur Abfahrt in die Neue Welt.

***

„Nehmen Sie doch Platz! Wie kann ich Ihnen zu Diensten sein, gnädige Frau?"
„Nach Amerika will ich und dieser Bürovorsteher vom Hafen hat gesagt, dass es da ein Problem gibt!"
„Nun mal langsam, ich nehme an, Sie sind die Frau, äh ...", er nahm sich ein Formular von einem kleinen Stapel „... die Frau Diesinger aus Simbach."
„Ganz recht. Und ich hab beim Agenten einen Contract abgeschlossen, dass ich nach Amerika auswandern kann. Ich hab es schwarz auf weiß!"
„Nun, Frau Diesinger, ich habe es auch schwarz auf weiß, dass die Behörden in Amerika diverse Individuen nicht einreisen lassen. Deshalb sind wir ja da, um einerseits zu helfen, aber auch um Auswanderungswillige, die nicht einreisen dürfen, davor zu bewahren, zurückgeschickt zu werden."
Fanni war vom Stuhl aufgesprungen und wedelte mit ein paar Papieren in der Luft.
„Was heißt hier diverse Individuen? Können Sie mir einen Grund nennen, warum ich nicht sollte einreisen dürfen?"
„Jetzt setzen Sie sich doch erstmal wieder hin! Ich denke, Gründe gibt es eine Menge. Sind Sie denn vermögend?"
„Für mich reichts!", schrie Fanni empört.
Der Vorsteher stöhnte genervt, schüttelte den Kopf und zog aus der Schublade seines Sekretärs ein kleines gebundenes Heftchen heraus. Er schlug es auf, befeuchtete seinen Zeigefinger und blät-

terte seelenruhig vor und wieder zurück, bis er endlich eine bestimmte Stelle gefunden hatte. Er legte das Heft auf die Tischplatte und beugte sich darüber, um die Passagen mit lauter und hoher Oberlehrerstimme vorzulesen.
„Hier! Äh … Kränkliche, übel beleumundete, … hm… Hier! … Frauenzimmer ohne Ehemänner, aber mit Kindern oder Witwen mit Kindern … sind unerwünscht …"
Nun drehte er das Heft auf dem Tisch um 180 Grad, so dass die widerspenstige Fanni die Stelle einsehen konnte, und tippte mit herablassendem Blick auf die Schriftstelle.
„Aber ich hab doch alles aufgegeben. Ich hab alles verkauft, was ich im Leben besessen habe, um auszuwandern. Ich bin auch nicht ganz arm. Ich will zu meinem Bruder gehen und mit dem Ersparten eine Rinderzucht aufbauen."
„Ein Bruder?"
„Ja, freilich, der Sepp!"
„Haben Sie eine Adresse?"
„Hier, Herr Vorsteher, ich hab Briefe von ihm. Die können Sie gerne lesen. Auch die Adresse ist darauf."
Der Beamte zog interessiert die Augenbrauen hoch und reckte seinen Hals, während Fanni fahrig in einem Packen von Schriftstücken nach den besagten Umschlägen kramte. Schließlich wurde sie fündig, riss die Briefbögen heraus und reichte sie über den Tisch.
Der Amtmann überflog die Texte, wendete die wenigen Blätter hin und her und legte sie bedächtig vor sich auf die Schreibtischplatte. Dann stützte er seine Stirn mit den Fingern beider Hände, massierte dabei die Schläfen mit den Daumen und schien kon-

zentriert über diesen Fall nachzudenken. Nach einer ewig dauernden Minute sah er wieder auf und schob die Briefe zur Eigentümerin zurück.

„Es gäbe die Möglichkeit, dass sich ihr Herr Bruder eine Bestätigung ausstellen ließe. Wenn ihm der Bürgermeister guten Leumund und finanzielle Unabhängigkeit einschreibt, dann können Sie hin. Ein solches Formular können Sie von uns bekommen, das müssen Sie ihm zustellen lassen und auf seine Antwort warten."

„Wie lange kann das denn dauern?"

„Nun, das hängt natürlich auch von Ihrem Bruder ab, aber drei bis vier Monate müssen Sie schon rechnen, bis die Post mit den Dampfschiffen hin- und zurückgekommen ist."

„Das ist unmöglich, derweil geht ja mein ganzes Geld drauf!"

Es folgte eine lange Diskussion, ein Bitten und Betteln und Belehren. Schließlich hatte der Beamte doch noch eine hoffnungsvolle Idee, wie die Auswanderung ohne Verzögerung gelingen könnte.

„Wir versuchen es. Ich spreche bei der Reederei vor und zeige dort auch die Briefe Ihres Bruders. Mein Plan ist dann folgender: Sie schreiben an Ihren Bruder und bitten ihn, er möge sich das Dokument bei seinem zuständigen Bürgermeister ausstellen lassen. Da Sie selbst mit einem langsamen Segelschiff reisen, wird der Brief mit der Dampfschiffpost in jedem Falle vor Ihnen in Amerika eintreffen. Wir hoffen dann, dass Ihr lieber Herr Bruder das Formular an die Einwanderungsbehörde schickt und mit einem Duplikat Sie in New York abholen kommt. Wohl ist mir bei der Sache ganz und gar nicht! Wir werden sehen, was die Reederei dazu sagt. Vermutlich wird sie eine Kaution verlangen, damit sie im Zweifelsfall nicht auf den Rückreisekosten sitzenbleibt.

Kommen Sie übermorgen nochmal zu mir, dann sehen wir weiter!"
Sichtlich erschöpft, aber doch voller Zuversicht, trat Fanni aus dem Büro. Sie ging hinüber zur Trostbrücke und schaute hinunter in die Fleet. Es herrschte Ebbe. Das Wasser war weit zurückgegangen und die fünf- bis sechsstöckigen Häuserreihen standen zu beiden Seiten mit schwarzen Sockeln in einer stinkenden Brühe. Eine Treppe führte hinunter auf die glänzende Schlammbank. Das war seltsam. Häuser, die direkt im Wasser stehen! Wie musste das drinnen schimmeln und modern? Einige Häuser hatten balkonartige Anbauten aus Holz, wo man bei höherem Wasserstand sogar vom Boot aus hineinsteigen konnte. Alles sah sehr schmutzig aus. Ob Holz oder Stein, alles hatte sich dunkel verfärbt und kein Grün weit und breit unterbrach das rußige Häuserwerk. Nur auf den Prachtstraßen gab es einige Bäume.
Übermorgen sollte sie wiederkommen. Bis dahin war alles unsicher. Es gab nichts zu tun, nichts zu besorgen, einfach nur abzuwarten.

***

Von der Nikolaikirche drangen Baustellengeräusche herüber. Fanni sah, wie Arbeiter mit einem Kran Balken nach oben zogen. Es war ein gigantisches Bauwerk, aber der Kirchturm war noch nicht fertig. Ein brauner Stumpf aus Backstein ragte bislang in den Himmel. Trotz der Arbeiten gingen dunkel gekleidete Menschen durch das große Portal. Neugierig ging auch Fanni hinüber und folgte einer älteren Frau auf die Eingangsstufen.

„Kann man da schon hineingehen? Ich habe gedacht, die Kirche ist noch gar nicht fertig!"
„Sie sind wohl nicht aus Hamburg?"
„Nein, ich möchte auswandern. Ich bin aus Simbach."
„Hm. Ja, kommen Sie herein. Die Kirche ist schon seit zwei Jahren eingeweiht, nur der Turm ist noch im Bau. Er soll der höchste der Welt werden, stellen Sie sich das nur vor!"
„Der höchste Kirchturm der Welt, ja spinn ich? Muss das denn sein?"
„Hier stand schon früher die große Hauptkirche Hamburgs. Leider ist sie vor 20 Jahren beim Großen Brand zerstört worden. Aber Sie haben ganz Recht, das ist doch wie der Turm zu Babylon. Der höchste Turm der Welt, das versteh ich auch nicht. Ich habe gehört, er soll 140 Meter hoch werden."
Im Kirchenschiff war es sehr dunkel. Fanni blickte staunend zu dem Deckennetz aus Säulenbögen empor und setzte sich dann in eine der hinteren Bänke, um in Ruhe zu beten.

Herrgott im Himmel! Jetzt bin ich bis hierhergekommen und steh doch wieder vor dem Ungewissen. Wenn ich nicht auf das Schiff komme, dann weiß ich nicht mehr, wohin. Allmählich werde ich alt, das weiß ich. Ich krieg doch sicher keine Anstellung, dass ich für meine Lina und mich sorgen könnte. Herrgott, ich bitt dich, dass du uns hilfst. Wer sonst könnte alles richten. Ich bitt dich, dass du dich erbarmst und alles gut wird.

Nachdem sie eine Weile kniend im Gebet verharrt hatte, machte sie das Kreuzzeichen, stand auf und ging hinüber auf den Seitengang. Hier reihten sich Kapellen, Beichtstühle und unzählige Nebenaltäre aneinander. Viele kunstvolle Heiligenfiguren und Kerzen in allen denkbaren Größen zierten das Gotteshaus. Bedächtig ging sie eine ganze Runde um den Hauptraum, bis sie wieder hinten am Kirchenportal angekommen war. Hier stand der schwarze eiserne Opferstock, wo sie eine kleine Münze einwarf, dann tauchte sie den Mittelfinger in den Weihwasserkessel und schlug nochmal das Kreuzzeichen auf Stirn und Brust.

***

Das Warenmagazin des Logierhauses versorgte die Auswanderer mit vielen Waren, für die sie vor Reiseantritt selbst verantwortlich waren. So musste jeder Passagier seine eigene Matratze - soweit man den Strohsack so bezeichnen konnte, Decke und Kissen besorgen. Ebenso das Ess- und Kochgeschirr. Ein benachbarter Spengler schlug Namen in das Blechgeschirr, damit es zum Beispiel beim Durcheinander eines Unwetters auf See wieder zugeordnet werden konnte. Auch die wichtigsten Lebensmittel, mit denen sich die Passagiere gerne zusätzlich zur Schiffskost eindeckten, waren erhältlich.

Obwohl sie sich ebenso im Logierhaus mit allem Erforderlichen hätten versorgen können, vertrieben sie sich die Zeit gerne mit Einkaufstouren in der Stadt und staunten über die Vielfalt und Professionalität der verschiedenen Handwerker und Händler.

Wieder war die Gruppe gemeinsam unterwegs, um allerhand für die Aufbesserung der Schiffsverpflegung zu besorgen. Sie waren schon ein paarmal an einer Destillation vorbeigekommen, als sie

den Kai Bei-den-Mühren nach Osten hinunterliefen. Im Schaufenster, neben dem mit Schnitzereien verzierten Eingangsportal, lag ein großes Weinfass, um das eine Vielzahl von Weinflaschen drapiert war. Heute gingen sie hinein, um einige Flaschen vom Hochprozentigen zu kaufen. Ein Korn oder Obstbrand durfte nicht fehlen, musste auf dem Schiff aber sehr teuer bezahlt werden.
Allein der herbe Geruch, der ihnen hier in die Nase stieg, hatte schon etwas wunderbar Betörendes und Fremdartiges für sie und ließ die Kauflaune steigen. Hinter der Theke, die aus dunklem Ebenholz getischlert war, ragte ein filigran wirkendes Regal bis an die Decke. Hier leuchteten Spirituosen im ganzen Spektrum der Bernsteinfarben aus verschiedenen Flaschenformen. Holzfässchen und Tontöpfe standen an einer anderen Wand neben- und übereinander.
„Meister, was hast du denn für einen Schnaps?"
„Wir führen die erlesensten Spirituosen aus der ganzen Welt, mein Herr. Whiskey aus Schottland zum Beispiel, kann ich Ihnen sehr empfehlen, weil ich den selbst gerne trinke. Möchten Sie ein Schlückchen davon probieren?"
„Da sag ich nicht nein!"
„Nein, lieber nicht, ich glaub den vertrag ich nicht!", korrigierte sich Alois Hoppe, der übermütige Schneidergeselle aus Zellhub schnell, als er am Regal den Preis las, wo der Händler die halbvolle Flasche entnahm.
„Was für einer ist denn am billigsten?"
Der schnauzbärtige, ergraute Herr im weißen Arbeitsmantel stutzte und legte die Stirn in Falten. Er stellte bedächtig die Fla-

sche zurück, schob sie langsam und gewissenhaft mit dem Daumen in die exakt gleiche Regaltiefe wie alle anderen Flaschen, und wandte sich dann seinem Kunden wieder zu.

„Nun, wenn Sie nichts Besonderes suchen, dann nehmen Sie am besten unseren Korn. Den müssen Sie aber nicht probieren, der schmeckt wie ein einfacher Korn eben schmeckt. Wieviel möchten Sie denn davon haben?"

Sie verließen die Destillation mit 20 Flaschen in einer Holzsteige und einem Ballon Essig, den sie gemeinsam verbrauchen würden.

***

Draußen auf der Straße verließ Fanni die Meute, um selbst noch nach einer besonderen Ware zu verlangen. Eines Morgens hatte sie in der Katharinenkirche, der Kirche der Seemänner, wie man sagte, die Messe besucht und war hinterher in die Grimmstraße gelaufen, um zu sehen, welche Waren dort verkauft werden. Sie hatte dort ein Fenster entdeckt, in dem nur eine einzige Spezerei präsentiert wurde. Nun stand sie wieder davor und ein breites Lächeln zierte ihr oft so trauriges Gesicht. Schlichte, strahlend weiße Kegel in gleicher Größe und ganz ohne Schnörkel standen da in Reih und Glied. Dies wäre eine gute Investition. Mit einem Teil davon würde sie ihre Speisen am Schiff versüßen und mit einem anderen vielleicht noch ein gutes Geschäft machen können. Egal ob sie ihn verkaufen oder eintauschen würde, eigener Zucker wäre mit Sicherheit sehr wertvoll.

Eine Zeitlang lachte sie einfach nur in sich hinein und aus dem Inneren des Ladens machte bereits ein junger Herr argwöhnisch

einen langen Hals. Sie stieg die grauen Granitstufen hinauf. Die Tür stieß beim Öffnen eine Glocke an, die hell läutete. Eine große Messingwaage zierte die kurze Theke, daneben stand ein noch recht junger Verkäufer mit korrekt gezogenem Scheitel, einer weinroten Fliege und einem weißen Arbeitskittel. Nach einem knappen Gruß strahlte sie den Händler an und hatte ob der Eindeutigkeit ihres Wunsches ganz vergessen, ihn zu äußern.
„Sie wünschen, gnädige Frau?"
„Ei...einen weißen Zuckerhut, bitteschön!"
Der Bursche musste sich das Lachen verkneifen, dann bemerkte er belustigt: „Unsere Zuckerhüte sind alle weiß, gnädige Frau, und auch ziemlich gleich groß."
„Wie schwer wiegt denn da einer?"
„Ich wiege natürlich genau nach, aber sie kommen alle auf ungefähr 14 Pfund."
„So viel Zucker in einem Hut?"
„Ja, da werden Sie lange ihre Freude daran haben und ihr Leben versüßen können!"
„Mein Leben ist süß genug …", meinte sie bitter.
Strahlend schaute sie zu, wie der Verkäufer ihre Kostbarkeit in einen großen Papierbogen einwickelte. Sie bezahlte und verstaute das schwere Paket in ihrem Rucksack.
„Auf Wiedersehn, der süße Herr! Es ist direkt schade, dass ich nicht mehr hereinkommen werde zu Ihnen!"
„Nun, Sie müssen nur sehr viele Kuchen backen und süßen Tee trinken, damit er nicht zu lange vorhält."
„Nein, trotz allem nicht! Der Zucker kommt in meinen Reiseproviant - ich gehe nach Amerika."

„Ah, sie wandern aus. Dann wünsche ich Ihnen eine unbeschwerte, süße Zuckerreise und viel Glück, da drüben!"

***

Ja Glück, so dachte sich Fanni, als sie wieder auf der Straße stand, Glück und Gesundheit, das werde ich nötig haben, und dem Herrgott seinen Segen, dass er mich bewahren möcht vor allen Malefizen. Hoffentlich ist das in Amerika anders! Man muss ja so aufpassen mit den üblen Gestalten, die es an jeder Straßenecke gibt. Gerade hier in der Stadt! Die Leute sind so verdorben und man kann keinem trauen. Ich schau keinem ins Gesicht und lauf weiter, ohne dass ich wo stehenbleibe, aber sie packen dich am Rock und am Arm, wo sie dich grad erwischen, die alten Seeteufel. Haben ja nichts zum Verlieren. Die nehmen dich aus, da musst du froh sein, wenn du mit dem Leben davonkommst und dann steigen sie in ihr Schiff und fort sind sie. Die brauchen keine Gendarmen zu fürchten!

***

Mit schnellem Schritt ging Fanni zum Binnenhafen zurück und erreichte bald das Auswandererhaus. Eine knarrende Holztreppe führte zu den oberen Etagen, wo die Gemeinschaftszimmer für jeweils sechs Personen lagen. Als sie in den Raum polterte, schaute sie in vier besorgte Augenpaare.
„Wo warst du denn so lange?", fragte Paul Brummer, der mit seiner Frau und zwei Kindern mit ihnen reiste, noch bevor ein Grußwort fallen konnte.
„Warum, ich hab noch was eingekauft. Ist was passiert?"
„Die Lina ist weg!"

Fanni schoss die Farbe aus dem Gesicht.

„Warum weg, wo ist sie denn?"

„Sie hat nach dir gefragt und wollte wissen, wo wir miteinander eingekauft haben. Zuerst ist sie nur dagesessen, dann hat sie ein paar Minuten aus dem Fenster geschaut und auf einmal ist sie rausgegangen. Wir haben auch nicht gleich daran gedacht, dass sie ausreißen könnte. Wir wissen es ja nicht sicher, aber ich glaube, sie ist fort um dich zu suchen."

„Jessas nein, das darf doch nicht wahr sein, die findet doch nicht mehr zurück!"

„Der Karl und die zwei Weidnerbuben sind schon raus und suchen. Die werden sie schon finden."

„Ich muss auch suchen!"

Sie stürmte die Treppe hinab und stieß die Haustür auf. Sie lief die Hafenstraße hinunter zur Spirituosenhandlung, wo sie gemeinsam Schnaps eingekauft hatten. Der Inhaber fegte gerade mit einem Reisigbesen die Eingangstreppen und erschrak, als Fanni ihn von hinten anschrie.

„Haben sie meine Tochter gesehen?", keuchte sie außer Atem.

„Was ist los? Ihre Tochter? Wieso soll ich Ihre Tochter gesehen haben? Wer sind Sie überhaupt?"

„Entschuldigen Sie bitte, aber mein Kind ist weg. Lina ist zehn Jahre alt, ungefähr so groß und blond."

Sie deutete mit der Handkante die ungefähre Größe an.

„Tut mir leid, ich war die ganze Zeit in meinem Laden und bin eben vor die Tür gekommen. Ich habe zwar von drinnen immer wieder einmal Kindergeschrei gehört, aber ein einzelnes Mädchen ist mir nicht aufgefallen."

„Karolina heißt sie, und falls sie doch noch bei Ihnen vorbeikommt, dann schicken Sie sie bitte gleich heim! Äh, zum Auswandererhaus Behrens!"

Fanni rannte den ganzen Dovenfleeth hinunter, bis dorthin, wo das Hafenbecken abknickt. Sie brüllte ihren Namen, aber von Lina war kein Lebenszeichen auszumachen. Seitenstechen plagte sie. Die Parallelstraße zum Hafen ging sie mit Schmerzen wieder in westliche Richtung zurück. Als sie einmal stehenblieb und rief, antwortete ihr Karl Langmaier. Er kam ihr die Gröninger Straße entgegen.

„Ich hab sie auch nicht gesehen. Wenn du von da unten kommst, dann weiß ich jetzt nicht mehr, wo ich noch suchen soll! Die Weidnerbuben sind zum Fischmarkt hinauf. Da oben gibts natürlich noch viele weitere Straßen, aber warum sollte sie so weit weglaufen."

„Karl, bitte hilf mir und gib um Himmels Willen nicht auf! Sie muss ja irgendwo sein."

„Nein, keine Rede, ich helfe dir schon. Ich nehm mir die Straßen um den Hopfenmarkt vor und dann treffen wir uns ungefähr in einer halben Stunde im Auswandererhaus, vielleicht ist sie ja schon längst zurück."

„Hoffentlich ist ihr nichts zugestoßen!"

Fanni brach in Tränen aus und schlug die Hände vor die Augen. Sie musste daran denken, wie viele zweifelhafte Gestalten sich im Hafen herumtrieben. Fast jedes Mal, wenn sie alleine ein paar Schritte unterwegs war, dann wurde sie von einem betrunkenen Seemann angemacht. Karl fasste sie an den Oberarmen und versuchte zu trösten.

„Nein, jetzt sei gescheit und mal nicht den Teufel an die Wand! Wir finden sie schon noch, da bin ich ganz sicher!"
Am Hopfenmarkt war Lina nicht aufgetaucht und auch sonst nirgends. So oft sie auch ihren Namen riefen, gab es kein „Hier!", das sich aus dem Stimmengewirr der Straße hervortat.
Die Mutter nahm den Weg zurück über die Hafenstraße. Dicht an der Kaimauer ging sie entlang und flog mit ihren Augen über das Wasser und die Boote, die ruhig im dunklen Elbwasser lagen. Wo auch immer sich etwas tummelte, suchte sie verzweifelt nach einem Hinweis auf ihr Kind. An der Brooksbrücke blieb sie stehen und schaute hinüber auf den Kehrwieder Brook, der den Binnenhafen im Süden vom Brandenburger Hafen trennte. Dort drüben setzte das Hamburger Hafengewirr seine grauen Häuserzeilen aus hohen Herrschaftshäusern fort, aber dorthin waren sie bislang nie gegangen. An der Nordseite des Binnenhafens waren sie mit allem Erdenklichen bestens versorgt. Da hinüber konnte auch Lina nicht gegangen sein. Als sie das Auswandererhaus erreichte, pochte ihr Herz vor Sorge und Angst.
Lina war noch nicht aufgetaucht, die Weidnerbuben hatten ihre Suche schon längst aufgegeben und auch Karl traf nach einigen Minuten alleine ein.
„Sie kommt schon noch! Sie ist ja erst ein paar Stunden weg. Der Herrgott wird schon auf sie aufpassen und sie wieder gesund heimbringen!", versuchte Elisabeth Brummer sie zu beruhigen.
„Ach der Herrgott, wie viel hat der mir schon genommen! Aber davon habt ihr ja keine Ahnung. Wenn jetzt auch noch meiner Lina etwas zustößt, dann mag ich gar nicht mehr leben!"
„Rede keinen solchen Unsinn!", empörte sich Karl.

„Wir gehen nochmal los. Paul, du kommst auch mit und die Weidners. Wir versuchen es auf der anderen Seite zum Niederhafen. Wir laufen die Straßen rauf bis zu den Landungsbrücken und wieder zurück - auf gehts!"
Er packte Paul Brummer, der sich ein wenig zierte, am Arm und schob ihn zur Tür hinaus.
Draußen meinte er ärgerlich: „Du bist lang genug herumgesessen, also schauen wir, dass wir die Kleine finden! Außerdem ist mir das allemal lieber, als dass ich mir das Flennen der Weiber anhören muss."
Zu fünft zogen sie diesmal los, trennten sich und durchkämmten die Straßen hinüber zum Niederhafen bis zu den Landungsbrücken. Ohne Erfolg standen sie bald wieder vor dem dunklen Portal ihrer Herberge. Inzwischen war es 5 Uhr nachmittags geworden. Karl zog sich seine schweißnasse Mütze vom überhitzten Kopf und wischte sich über die Stirn.
„Ich mag gar nicht hineingehen. Leck mich am Arsch! Ich kann mir nicht vorstellen, dass die Lina noch weiter weggelaufen ist. Es hilft nichts und es macht auch keinen Sinn, weiter zu rennen. Scheißdreck verdammter!"
Mit dummen Gesichtern standen sie eine Weile schweigend in dem angenehm kühlen Luftzug, der vom Hafen heraufwehte. Keiner wollte als Erster die Treppe zu den Quartieren hinaufsteigen und die schlechte Nachricht überbringen. Schließlich war es wieder Karl, der sich seufzend aufmachte und nach einer Weile endlich die Klinke der Tür hinunterdrückte. Gerade als er seinen Fuß über die Schwelle setzte, vernahm er eine Stimme im Rücken, der ihn ansprach.

„Guten Tag zusammen! Sie sind doch die Herrschaften aus Süddeutschland, nicht wahr?"
Karl wandte sich um und erkannte, an der Dienstmütze und dem Messingschild auf der Brust, einen Beamten des Nachweisungsbüros. Und neben ihm die Lina!
„Herr Lehmann schickt mich mit diesem Kind hierher. Es hat sich wohl verlaufen, aber irgendwie den Weg zu unserem Büro gefunden. Geredet hat es nichts - nur geweint. Na wenigstens hat es seinen Namen gewusst, darum bin ich hier."
Ein zentnerschwerer Stein fiel Karl vom Herzen und er stieß erleichtert ihren Namen aus: „Lina!"
„Mein Gott, was für eine Freude, kommen Sie nur gleich herein, wir rufen nach der Mutter!"
„Naja, lang mag ich mich nicht aufhalten, ich hab jetzt Dienstschluss. Aber rufen Sie nur schnell nach der Mutter, übergeben soll ich das Mädchen persönlich."

***

Am Morgen des 4. Juli 1865 stand ein Dampfschlepper des Expedienten Donati bereit, um die Fahrgäste zum vorgesehenen Hafenkai zu bringen. Ihr Segler sollte nicht von den nahen Landungsbrücken ablegen, denn dort frequentierten die immer häufiger eingesetzten modernen Dampfschiffe, welche die Auswanderer zwar in wesentlich kürzerer Zeit an ihr Ziel brachten, aber im Verhältnis noch sehr teuer waren.
Mit ungefähr 80 Mann schipperte das Zubringerboot langsam den Grasbrook hinunter in den eigens reservierten Segelboothafen. In

dieser Hafenbucht lagen in vier parallelen Reihen bis zu zehn Schiffe in Reih und Glied hintereinander. Am südlichen Kai machten sie in einer Lücke fest. Die Auswanderer staunten über das schöne Schiff, das sie über den Atlantik bringen sollte. Das Segelschiff Eugenie war eine nagelneue Fregatte der Reederei Sloman, welche noch keine Überseereise hinter sich gebracht, aber mit Kapitän Canbley einen erfahrenen Seefahrer gefunden hatte. Noch lag sie ohne Takelage friedlich am Kai. Die süddeutsche Gruppe reihte sich gemeinsam mit ihrem bescheidenen Gepäck hinter den bereits wartenden Passagieren ein. Nacheinander wurden die Namen mit den Passagierlisten verglichen und eine Kojennummer zugeordnet. Dann gingen sie in kleinen Grüppchen jeweils mit einem Matrosen an Bord, der ihnen ihren Platz zuwies. Fanni hatte vorher nicht darüber nachgedacht, aber die Reisegefährten aus der Heimat würden nicht in ihrer unmittelbaren Nähe einen Schlafplatz bekommen.

Auf dem Schiff wurde getrennt. Familien belegten den mittleren Teil, die wenigen allein reisenden Frauen den vorderen und Männer den hinteren Teil des Zwischendecks.

„Hier gehts in die Hölle, meine Damen!", witzelte der Matrose und stieg beim Großmast, in der Mitte des Schiffes, die Holztreppe hinunter. Licht fiel nur über die Eingangsluke ins Innere und deshalb brannten Öllampen, die ein fahles Licht spendeten.

„Ein bisschen duster ist es hier schon, aber es ist ja nicht für die Ewigkeit!", meinte eine der Frauen.

„Riechen tuts aber gut!", darauf die kleine Lina.

„Ha!", lachte der Matrose auf. „Riecht *noch* gut! Ist auch ne nagelneue Braut, die Eugenie. Aber das mit dem guten Geruch wirst du schon nächste Woche ganz anders sehen - dann stinkt sie wie deine Omma unterm Rock!"

„Also bitte, Sie Flegel! So ein saudummes Gerede wollen wir nicht hören!", schimpfte Fanni.

An den Schiffswänden entlang waren die Schlafkojen angebracht. Quadratische, aus groben Brettern gezimmerte Nischen von 1,80 auf 1,80 Meter waren für vier Personen bestimmt - zwei Kojen jeweils übereinander. Immerhin mussten im Zwischendeck ungefähr 300 Menschen Platz finden. Im Mittelgang drängten sich die Leute und allerhand Gepäck. Fässer, Säcke und Kisten, die auch als Sitzgelegenheit dienen mussten, da es keine Tische und Stühle hier gab.

Die Koje mit der Nummer 12, die Fanni und Lina aufnehmen sollte, war eine obere Bett-Etage auf der rechten Seite.

„Grüß Gott, wir sollen mit euch zusammen schlafen. Ich heiße Fanni und das ist meine Tochter Lina."

„Ach, das passt ja wunderbar! Grüß euch Gott. Ich bin die Magdalena - sag einfach Magda, und das hier ist meine Kati. Sie ist ein bisschen schüchtern."

„Woher kommt ihr denn?"

„Aus einem kleinen Dorf bei Karlsbad."

„Karlsbad? Das hab ich noch nicht gehört. Wo ist denn das?"

„In Österreich. Aber gar nicht weit von der deutschen Grenze. Wir sind über Sachsen mit der Eisenbahn herkommen."

„Ach so? Ich glaub, wir auch."

„Mein Mann ist vor einem halben Jahr schon nach Amerika gegangen. Er hat mir geschrieben, dass er gleich eine Anstellung gefunden hat, deshalb kann ich jetzt nachkommen."

Fanni hatte inzwischen bemerkt, dass Magdalena fortgeschritten schwanger war.

„Aber - in deinem Zustand? Ist das nicht viel zu beschwerlich, schwanger zu reisen?"

„Darüber hab ich mir auch lange den Kopf zerbrochen. Mein Mann weiß noch gar nichts davon, dass er mir dieses Abschiedsgeschenk gemacht hat. Aber weißt du, ich glaub, schwanger zu reisen ist allemal besser als mit einem Neugeborenen."

„Da magst du Recht haben - das hab ich gar nicht bedacht. Da wird dein Mann aber Augen machen."

„Augen wird er gewiss machen, aber ob er sich freut …? Ich weiß es nicht. Pressiert hätte es nicht. Ich glaube, es wär ihm lieber gewesen, wir hätten uns zu dritt erst richtig eingelebt und ein wenig sparen können. Zum Dazuverdienen falle ich fürs erste wieder aus, bis das Kleine aus dem Gröbsten heraus ist."

„Hast du im Nachweisungsbüro wegen der Schwangerschaft keine Schwierigkeiten bekommen?"

„Ich hab es verbergen können. Es hat keiner danach gefragt und ich hab es nicht gesagt, ganz einfach!"

„Du bist schon gut! Dann würde ich es an deiner Stelle aber auch weiterhin verbergen, bis wir wirklich auf See sind. Die lassen dich sonst im letzten Moment noch vom Schiff gehen."

„Wenn du mich nicht noch schnell verpfeifst, dann kriegt keiner etwas mit!"

„Geh, verpfeifen werde ich dich! Da brauchst du dir keine Sorgen machen!"

Die junge Magdalena war ein lebenslustiges Ding Ende zwanzig. Ihre Unbekümmertheit tat Fanni von der ersten Stunde an gut und sie war deshalb sehr froh, dass sie miteinander reisen würden. Auch würden sie es wegen der zwei Mädchen - Kati war erst sechs Jahre alt - in der Viererkoje relativ geräumig haben.

***

Gegen 11 Uhr ließ Steuermann Kuhn alle Passagiere auf dem Achterdeck zusammenkommen um ihnen die Regeln auf dem Schiff zu erklären. Damit ihn alle hören konnten, bellte er, nach einer kurzen Begrüßung, seine Anweisungen in ein Sprachrohr.
„… das Gelingen der Reise liegt in den Händen unseres erfahrenen und hochgeschätzten Kapitäns, Herrn Canbley. Allen seinen Anweisungen ist zwingend Folge zu leisten!"
„Das Rauchen ist ausschließlich auf dem Verdeck gestattet. Es ist strengstens verboten, im Zwischendeck zu rauchen oder Feuer in irgendeiner Form dort anzumachen!"
Es folgten noch viele Vorschriften zum Verhalten, zur Reinlichkeit, zur Verköstigung, dem Umgang mit dem Schiffspersonal und einiges mehr.
„Am Zugang zum Zwischendeck sind die wichtigsten, allgemeinen Verhaltensregeln auf einem Plakat angeschlagen. Bitte lesen Sie diese noch einmal in Ruhe durch. Sollten Sie Passagiere beobachten, welche diesen Anordnungen zuwiderhandeln, so sind Sie im Sinne des Gemeinwohls verpflichtet, die Individuen beim Kapitän oder bei mir anzeigen! Damit möchte ich das Wort dem Kapitän übergeben."
Er überreichte den Trichter dem Mann zu seiner Linken.

Der Kapitän war ein stattlicher schlanker Mann von ungefähr 50 Jahren. Sein gepflegter kurzer Vollbart war fast vollständig ergraut, obwohl die Haare, die unter seiner Mütze hervortraten, die ursprünglich dunkle Färbung zeigten. Auf seiner Uniform glänzten goldfarbene Knöpfe ebenso wie die Fassung einer kleinen runden Brille, die aus der Brusttasche herausragte.

Augenblicklich waren alle Passagiere ruhig und lauschten gespannt, als er mit scharfen Worten zu ihnen sprach:

„Meine Damen und Herren, ich begrüße Sie auf dem Segelschiff Eugenie. Mein Name ist Christian Canbley - ich bin Ihr Kapitän. Vor uns liegen circa fünftausend Seemeilen bis zu unserem Ziel New York in Amerika. Wir werden - und das kann heute noch kein Mensch wirklich vorhersagen - mindestens fünf oder sechs Wochen auf engem Raum zusammen leben und arbeiten müssen. Das kann nur gelingen, wenn ein hohes Maß an Disziplin, Ordnung und peinlich genaue Sauberkeit eingehalten wird! Unterstützen Sie bitte mich und meine Crew, so wie mein 1. Steuermann dies bereits angemahnt hat. Ich wünsche uns ein gutes Gelingen und Gottes Segen dazu!"

Es wurde verhalten geklatscht.

Bald löste sich die kunterbunte Gesellschaft auf und es zog die meisten Leute wieder hinunter, um sich weiter einzurichten. Inzwischen waren die großen Gepäckstücke, die nicht täglich benötigt wurden, im Laderaum verstaut. Den Rest versuchten ihre Besitzer so günstig wie möglich vor den Kojen zu deponieren. Persönliche Dinge, Essgeschirr und der zusätzliche Proviant durften möglichst nicht im Weg stehen, wollten aber auch beaufsichtigt sein. Fannis Reisekiste hatte an einer Seite eiserne Ösen, wo sie ein dünnes Hanfseil durchziehen und am Fuß des Bettes festbinden konnte. So war ihr Hab und Gut gegen Wegrutschen bei Seegang gesichert. Die Frauen fühlten sich in ihrer neuen Behausung wohl. Unter ihnen richteten sich vier Russinnen unterschiedlichen Alters ein, deren Sprache sie nicht verstehen konnten.

„Du Fanni! Die Weiber da unten taugen mir gar nicht sehr. Ich weiß ja nicht, ob die uns verstehen, aber ich versteh von ihrem Geplapper kein Wort."

„Blöd ist das schon mit den vielen Sprachen auf der Welt. Aber in Amerika ist das nicht so schlimm, da sind ja schon viele Deutsche."

„Meinst du nicht, dass die da unten amerikanisch reden?"

„Niemals! Mir hat einer gesagt, dass das ganz ähnlich zum Deutschen ist. Er hat gesagt, zu Apfel sagt man im Amerikanischen Appel. Da ist doch wirklich nichts dabei, oder?"

„Die nächsten Wochen hätten wir Zeit zum Lernen. Wäre halt gut, wenn es uns jemand beibringen könnte. Da müssen wir uns umhören - vielleicht ist eine Amerikanerin dabei, die wieder heimfährt."

„Schön wärs, sonst lernen wir am Ende noch das Zeug von den Untergeschossweibern!"

An diesem letzten Abend, an dem die Eugenie festgezurrt im Hamburger Hafen lag, war die Stimmung sehr ausgelassen. Die Passagiere hatten teilweise Monate in der Stadt ausharren müssen. Nun hatte all die Warterei ein Ende. Der Abend brachte eine angenehme Frische. Mit vielen anderen waren Fanni und Lina auf dem Schiffsverdeck. Sie waren aufgeregt, suchten in den fremden Gesichtern nach Blicken, die ihnen eine Aufmerksamkeit schenkten, um erste Kontakte, vielleicht Freundschaften zu knüpfen. Jetzt war die Stunde null. Dem Vergangenen brauchte man nicht mehr länger nachhängen, keinem Gedanken der Scham, keinem Gedanken des schlechten Gewissens, keinem Gedanken der Unterwürfigkeit und keinem Gedanken der Geringschätzung.

Die untergehende Sonne zog ein leuchtend gelbes Band unterhalb langsam schleichender grauer Wolken. Die Segelschiffe mit ihren kahlen Mastbäumen lagen schwarz vor diesem wunderschönen Horizont, als stünden sie einem Maler Modell. Im goldenen Himmelsmeer segelten frei die Möwen und wollten sich wohl wundern um der guten Laune der Menschen da unten, die auf ihrem Schiff dicht gedrängt standen wie eingesperrt, aber sich vergnügt unterhielten und lachten. Und ein jeder, der früher oder später zur Nachtruhe hinabstieg in den Bauch des Walfisches, schaute hinaus in die Ferne und sprach in seinem Herzen ein Gebet zu seinem Gott, dass er ihn bewahren wolle vor Unglück, vor Krankheit und vor Seenot.

***

Obwohl die Fregatte bewegungslos vertäut am Hafenkai schlummerte, kam sehr früh Leben ins Zwischendeck zurück. Mit den vielen plärrenden Kleinkindern, den ersten Männern, die wegen des reichlichen Biergenusses von den knarrenden Kojen heruntersiegen um ihre Blase zu entleeren, dem Stoßen an die Nebenmänner, die wie Heringe in der Dose aneinander kauerten, dem morgendlichen Husten verklebter Lungen hier und da, war die Nacht zu Ende, kaum hatte sie begonnen. Verkaterte Gestalten begrüßten den frühen Sommermorgen an der Reling des Schiffes. Um 8 Uhr verteilte der Smut, zusammen mit einem Helfer, Kaffee und Tee, Brot und Butter, danach gab es für jeden einen Becher Wasser. Lau strich der Morgenwind über Land und Meer - ein idealer Morgen, um endlich in See zu stechen. Nach dem Frühstück hatte sich eine große Menschenmenge an Deck begeben, um sich die Beine zu vertreten, als Kapitän Canbley unverhofft die Anweisung gab, die Leinen loszumachen. Der Steuermann befehligte das Kommando, ein Matrose repetierte die Weisungen lautstark und ein Schiffsbefestiger am Kai löste die Seile von den pilzförmigen Pollern. Die Matrosen zogen die Seile an Bord und legten sie in ordentliche Kränze zusammen. Jeder Handgriff saß. Weitere Befehle widerhallten vom Achterdeck zu den Kerlen in den Strickleitern und Seilen, von der einen zur anderen Seite und zurück zum Steuermann. Seile wurden gelöst, andere gezogen in einer so gleichförmigen, konzertierten Folge, dass die Augen der Passagiere glänzten und die Mäuler offenstanden. Weiße Segeltücher fielen wie Vorhänge und schlugen flatternd gegen Seilwinden, Stangen und Seile im Wind bis sie festgezurrt und gebändigt sich zu leichten Bögen aufblähten. Die erste Wache der Matrosen machte einen sehr guten Eindruck, sodass der Kapitän zufrieden nickte. Langsam setzte sich die Eugenie in Bewegung, vergrößerte den Abstand zum Kai und nahm teilgetakelt Kurs aus dem Segelschiffhafen. Kinder wie Erwachsene sprangen vor Freude auf dem Deck herum wie Hasen. Immer mehr Leute drängten nach oben. Frauen winkten mit Tüchern und Männer warfen ihre Hüte in die Luft, als sie Wartende auf einem anderen Schiff zurückblieben

sahen. Alle waren außer sich. Magdalena, die ebenso übersprühte vor Freude, fiel Fanni um den Hals und jubelte.
„Jetzt gehts endlich los! Endlich - in ein besseres und glückliches Leben ohne Zwänge!"
Ein Musikant aus dem Zwischendeck, der auch schon am Vorabend für gute Stimmung gesorgt hatte, spielte wieder mit seinem Schifferklavier und sang dazu Lieder. Es ging vorbei an den ausgedehnten Hafeninstallationen, an den Vororten der Hafenstadt, wie Blankenese, wo weiße Villen auf einem Hügelland verstreut lagen.
Auf beiden Seiten der Elbe erstreckten sich Wiesen, Felder und Weideflächen, wo Schafe und Ziegen das Gras rupften. Windmühlen grüßten mit ihren bespannten Flügeln, die sich unermüdlich um den Mühlenkopf drehten. Wie die Wellen des Elbwassers gegen den Bug rollten, so trieb der Wind die Wiesengräser in Wellen über das Land. Ein seltsamer Anblick. Mit dem großen Segelschiff ging es durch grüne Landschaft. Nach der langen Zeit der schwarzen, stinkenden Gassen und des Hafengewirrs zeigte sich nun das Land um den Elbgürtel in sanften Farben. Auf beiden Seiten des Schiffes standen die glückseligen Passagiere. Es war eine Hochstimmung auf dem Deck, sodass die Zeit wie im Flug verging.
Nach wenigen Stunden war die Elbmündung erreicht und sie steuerten von der Helgoländer Bucht nach Westen entlang den ostfriesischen Inseln. Die zweite Wache hing in den Seilen - hängte Segel um und hisste volle Betakelung. Eine gute Brise ließ sie schnelle Fahrt aufnehmen. Gischtkronen tanzten hier draußen auf den Wellen der Nordsee.

„Oh je, jetzt gehts schon los mit der Speiberei!", meinte Magdalena.
„Hier vorne ist es auch am Schlimmsten. Ich glaub, dass das Schiff um die Mitte schaukelt. Wir sollten sehen, dass wir einen Platz am Großmast kriegen."
„Ja, versuchen wir es. Mir ist auch schon schlecht."
„Jetzt stell dich nicht an, Magda. Lass dich bloß nicht anstecken, der frische Wind tut doch gut, oder?"
„Ja, schon, gehen wir halt schnell in die Mitte."
Schlagartig war vielen Menschen an Bord die Begeisterung aus dem Gesicht gewischt. Plötzlich wich die gesunde Sommerbräune vieler Reisenden einer leidend aussehenden Übelkeitsblässe.
„Du siehst schon ganz käsig aus!", bemerkte Fanni.
„Oh je, ich weiß nicht, was mir am besten tut. Ich glaub, ich mag mich hinlegen."
„Ja, gehen wir halt runter. Ich denk auch, dass Hinlegen hilft."
Als sie alle vier eine Zeitlang in ihrer Koje lagen, ging ein Matrose von einem zum andern und verteilte in Scheibchen geschnittene Ingwerwurzeln. Langsam gekaut, galten sie als eine wirksame Arznei gegen die Seekrankheit. Lina steckte sich als Erste die ganze Scheibe in den Mund und biss darauf. Die unbekannte Schärfe erschreckte sie, und gleich spuckte sie das kostbare Wurzelwerk auf die Matratze.
„Spinnst du, Lina. Probier halt erstmal ein kleines Stückchen!"
Fanni wischte die Ingwerscheibe an ihrer Schürze ab, brach ein kleines Stück ab und probierte es selbst.
„Uh, das ist scharf, pfui Teufel!"
Sie verzog das Gesicht, kaute mit offenem Mund und schluckte.

„Das glaub ich, dass einem damit das Schlechtsein vergeht."
Vorsichtig versuchte auch Magdalena davon. Sie war schweigsam geworden. Sie hatte sich abgewandt, stieß laut und stöhnend den Atem aus, gähnte häufig und wollte von der Welt um sich herum nichts mehr wissen.
Die russischen Frauen unter ihnen waren inzwischen auch wieder zurück. Die Älteste saß auf Fannis Reisekiste - schwer keuchend und einen Eimer zwischen die Knie geklemmt. Die Frau mit den hellblauen ‚Eisaugen' - ihre Stimme hatten sie sich inzwischen eingeprägt - schien in einem fort zu schimpfen. Eine andere antwortete knapp mit ein, zwei Worten, sobald ‚Eisauge' eine Atempause einlegte. Ohne Vorwarnung musste Kati plötzlich erbrechen. Fanni packte sie sofort und hielt ihren Kopf über den Rand der Koje, damit sie nicht die ganze Sauerei auf der Matratze hätten. Unten sprang die alte Russin auf, die einen Mundvoll auf ihren Rock abgekriegt hatte. Sie schrie in unverständlichen Worten und gab der verdutzt dreinschauenden Kati gleich eine Ohrfeige. Weinen, Beschimpfungen, drohende Fäuste und Flüche prallten unverstanden aufeinander, bis ein Matrose dazwischen ging und mit Essensentzug drohte. Er verteilte gerade mit dem Smut Schiffszwieback und Tee. An diesem Abend gab es für die meisten der Passagiere nur diese leichte Diätkost. Die wenigen, denen die Seekrankheit nicht zusetzte, konnten sich an der Kombüse eine Portion geräuchertes Fleisch dazu holen.
Am Abend bot sich im dunklen Zwischendeck ein jämmerlicher Anblick. Die Mehrheit der Reisenden war erkrankt. Alle verfügbaren Eimer waren verteilt und füllten sich mit Kotze. Kinder

weinten und schrien, würgten und spien unkontrolliert aus ihren Betten.
„Diese alte Fettel!", schimpfte Magdalena immer noch weiter, als die Kinder längst eingeschlafen waren.
„Sie hat doch selber erlebt, wie es einem da geht. Die hat sich doch selber vollgekotzt. Was fällt der nur ein, dass sie ein kleines Kind schlägt. Von der ersten Stunde an schauen uns die Vier so blöd an und sind uns feind!"
„Ich kann mir schon vorstellen, was dahinter steckt", entgegnete Fanni.
„Ja? Was denn?"
„Die gönnen uns den Platz nicht. Wir haben es natürlich mit den zwei dünnen Mädchen viel bequemer da heroben."
„Nicht nur das! Vier alte Jungfern sind das, von denen hat doch noch keine einen Kerl zwischen den Schenkeln gehabt. Die mögen sich ja selber nicht."
Inzwischen waren auch von unten wieder gehässige Stimmen zu hören. Olga, die Alte mit den Eisaugen und eine der anderen beiden schnatterten wie aufgebrachte Gänse und schließlich stieß jemand von unten mit dem Fuß gegen die Bretter.
„Gebt endlich Ruhe, ihr Trampeln!", schrie Fanni.
In der zweiten Nacht an Bord fanden die Auswanderer noch weniger Schlaf als in der ersten. Die Meereswogen hoben den Bug des Schiffes beständig einige Meter in die Höhe, um ihn gleich darauf wieder hinunterfallen zu lassen. Dazu kamen Querbewegungen, die nicht im gleichen Rhythmus schoben, sondern ungleichmäßig die Fregatte nach links und nach rechts schlingern ließen.

„Ich glaube, wir sollten uns umdrehen und es mit der Kopfseite nach hinten versuchen!", meinte Fanni.
Ein paarmal warfen sie das Kissen auf das jeweilige Fußende. Zweimal musste sich Magdalena noch übergeben. Erschöpft lag sie mit halbgeöffneten Augen, von ihrem Mundwinkel zog sich ein Speichelfaden auf das Kissen. Fanni bemerkte, wie sich ihre neue Freundin den Kindsbauch hielt und ihr wurde plötzlich klar, wie anstrengend und gefährlich für Mutter und Kind dieses Martyrium sein musste. Sie strich ihr die verschwitzten Strähnen aus dem Gesicht und legte die Hand auf ihre Schulter. Magdalena schaute mit ihren großen schwarzen Augen zu ihr auf, lächelte dankbar für die zärtliche Zuneigung. Im Trinkbecher war noch Wasser. Fanni tauchte ein sauberes Taschentuch hinein und kühlte die Stirn der Schwangeren.
Am nächsten Tag war nichts besser, aber zumindest war ihnen nichts mehr fremd. Achtzig Kinder weinten und schrien, obwohl sich die See etwas beruhigt hatte. Das Schiff, das in Küstennähe auf Kurs der Straße von Dover segelte, verlor an Fahrt. Streitsüchtige Weiber zankten sich und jammerten über ihr Schicksal. Die ersten bedauerten bereits den Entschluss, auf das Schiff gegangen zu sein, und machten ihren Männern Vorwürfe. Ingwer wurde gekaut, doch Frauen wie Männer erbrachen selbst den leicht verdaulichen Schiffszwieback und Tee an der Reling. Inzwischen wussten sie schon, dass sie dies an der windabgewandten Seite tun sollten. Sie drängten sich im Mittelschiffbereich, versuchten zu schlafen.
Manche traf die Seekrankheit extrem stark und zwang sie auf die Pritsche. Ein junges Mädchen, das die ganze Nacht nicht zur Ruhe

kommen konnte, fiel am nächsten Tag in Ohnmacht. Die Angehörigen brachten sie auf Achtern in das Krankenzimmer, das neben der Kapitänskajüte lag. Wer konnte, hielt sich an der frischen Luft auf.

Am sechsten Morgen war Dover bereits passiert, doch es hatte zu regnen begonnen und der Wind rüttelte an der Takelage. Wenn der Schiffsbug nun in die Fluten schlug, dann spritzte das schäumende Meer in weißen Fontänen hoch, und die Böen rissen das Wasser mit auf das Deck. Wenn sich das Schiff zur Seite neigte, schlugen die Wellen über die Bordwand und überschwemmten den Boden. Obwohl eine kleine Schwelle am Abgang zum Zwischendeck angebracht war, drang immer wieder Seewasser ein und rann die Treppenstufen hinunter.

In Ölhäute gehüllt arbeiteten die Seeleute und änderten die Richtung von Segeln, um das Schiff weiter weg von der gefährlichen englischen Küste zu bekommen. Leuchtfeuer signalisierten die markanten Küstenpunkte, bis sie in Regen und Dunst nicht mehr auszumachen waren. Der Kapitän ließ das Zwischendeck schließen, setzte aber einen strengen Matrosen ein, der in kurzen Abständen nach dem Rechten sah, zur Ordnung mahnte und Streithähne zurechtwies. Ein muskulöser Brocken war das, der seinen Narben im Gesicht und der schiefen Nase nach wohl selbst wenige Gelegenheiten zur Rauferei ausließ. Wo es nötig war, da fackelte er nicht lange und war schnell dabei, kräftige Hiebe auszuteilen. Nachdem es ein paarmal Dresche gab, reichte meist die donnernde Warnung des brutalen Hundes. Seinen Namen hatte er nie ausgesprochen, und da er völlig unzugänglich war, wagte auch keiner mehr, ihn danach zu fragen. Bald wurde über ihn nur noch als ‚Schinderhannes' gesprochen.

Über viele Stunden wurde das Schiff hin- und hergeworfen, ohne selbst nennenswert von der Stelle zu kommen. Noch schien der Kapitän nicht besorgt, doch stand er persönlich die meiste Zeit in Wind und Wetter, um nur ja nicht vom geplanten Kurs abzukommen. Denn eine größere Gefahr als vom Wetter ging von den tückischen Sandbänken aus, die so manchem erfahrenen Segler hier zum Verhängnis geworden waren. Der 2. Steuermann maß deshalb alle halbe Stunde die Wassertiefe.

Noch immer litten viele an der Seekrankheit. Der Zustand des Mädchens, das seit dem ersten Tag nicht mehr aus dem Bett kam, verschlimmerte sich. Der Kapitän versuchte mit verschiedenen Pulvern und Tinkturen aus dem Medizinkoffer sein Bestes, aber es wollte keine der Arzneien eine Linderung bringen. Alles, was sie zu sich nahm, musste sie sogleich wieder erbrechen. Mit jedem Tag saugte die See mehr Leben aus dem jungen Körper, bis er aufgezehrt war und das vormals so mutige Herz nicht mehr schlagen wollte.

Am Morgen des neunten Tages, als das Meer genug hatte vom Rumoren, der Regen vorbei war und das Schiff in einer gespenstischen Nebelwand lag, musste Canbley den Tod der Patientin feststellen. Wegen der schlechten Sicht waren alle Rahsegel geborgen worden und die Eugenie pflügte sich nun wieder sehr langsam durch die Wasser. Der Leichnam wurde in einen Sack aus Segeltuch gesteckt und auf ein breites Brett gelegt, das über die Bordwand hinausragte. Ein großer Teil der Reisegesellschaft war an Deck gekommen, um dem Mädchen einen würdigen Abschied zu geben. Der Kapitän stand mit der ersten Wache auf dem Achterdeck. Er sprach über das schwere Schicksal der Verstorbenen, der Übermacht der Natur und Gottes Gnade, die diese arme Seele ihrer Schuldhaftigkeit freisprechen und in die ewige Herrlichkeit einlassen möge. Wie herzzerreißend weinten da die Mutter und zwei Buben um ihre Schwester. Der schreckliche Tod stieß insbesondere die vielen Kranken an Bord in höchst beklemmende Nachdenklichkeit. Ein Leichtmatrose blies auf seiner Trompete ein kurzes Stück, dann wurde das Brett angehoben. Der Leichensack rutschte hinab und versank in die Tiefen des Meeres, da zur Beschwerung ein großer Stein an die Füße der Toten gebunden war. Sie sprachen miteinander das ‚Vater unser', dann mahnte der Kapitän die Anwesenden noch zur Menschlichkeit, zum friedlichen Auskommen miteinander und allgemeiner Nachsicht und beendete damit diese erste Seebestattung.

„Mama, wo ist denn die tote Frau jetzt hingefallen?"

„Ach Kati, du weißt doch, dass bei uns daheim die Toten in ein Grab gelegt werden, wo man sie auch besuchen und für sie beten kann. Aber das geht ja hier auf dem Schiff nicht und deshalb werden sie eben auf den Grund des Meeres gelegt."

„Aber das ist ja ganz furchtbar! Da unten im Meer fressen sie doch die Fische auf!"

„Nein Kati, so hoch wie die Seele der armen Frau zu unserem Herrgott in den Himmel hinaufsteigt, so weit fällt der Körper in die Tiefe hinab, wo keine Fische mehr sind und niemand ihn finden kann. Und im Himmel braucht die Frau ja den Körper auch nicht mehr, der ist dort viel zu schwer. Die Seelen wollen im

Himmel mit dem Herrgott hüpfen und tanzen, darum müssen sie ganz leicht sein."

Einen Moment dachte die Kleine über die Worte nach, dann nickte sie stumm und bemerkte plötzlich das lustige Kreischen von Kindern.

„Komm Lina!", forderte sie ihre Freundin auf, dann liefen die beiden Mädchen zu einer Gruppe von Kindern, die um den Großmast Fangen spielten.

„Da schau hin, Fanni! Kinder machen keinen Unterschied zwischen Rassen und Fremden. Die können miteinander spielen und lustig sein, auch wenn sie die Sprache des anderen nicht verstehen. Die können schon auch streiten, aber genauso schnell mögen sie sich wieder vertragen und alles vergessen."

„Magda! Glaubst du, dass der Herrgott auf uns herabschaut? Glaubst du, dass er uns beschützt und in Amerika ankommen lässt?"

„Was denkst du, wo es schöner ist: in Amerika oder im Himmel?", antwortete Magdalena.

„Ja, im Himmel halt. Schöner als im Paradies kann es doch nirgends sein."

„Ich hab da auch schon oft darüber nachgedacht. Wenn es im Himmel am schönsten ist, und du glaubst, dass dieses arme Mädchen, das gestorben ist, in den Himmel kommt, dann hat doch Gott ein ganz besonderes Erbarmen mit ihm gehabt. Wer weiß, wie einfach oder schwer es in Amerika wird. Wer weiß, wie hart das ganze Leben für einen noch wird, was man alles erleiden und aushalten muss? Wenn das so ist, dann ist es doch am besten, bald zu sterben und für ewig im Himmel zu sein."

„Ja schon, aber das Leben ist doch auch schön. Also - ich möchte noch nicht sterben. Ich mag gerne erst später in den Himmel kommen."

„Wer weiß das schon, Fanni."

„Mir hat einmal ein Pfarrer gesagt, dass jeder in den Himmel kommen darf - ganz egal wie gut er gelebt hat. Es kommt darauf an, sein Heil in Jesus Christus zu finden. Der ist auf die Welt gekommen, um für unsere Sünden zu sterben. Er errettet jeden, der ihn als Herrn annimmt."

„Das hast du mit Sicherheit falsch verstanden. Wenn du ohne Beichte stirbst, oder wenn du eine Todsünde begangen hast, dann gehörst du dem Teufel."

„Nein Magda, glaub es mir! Der Pfarrer hat es mir aufgesagt, wie es in der Bibel steht. Es ist zwar schon eine Weile her, aber ich kann mich noch gut daran erinnern.

Da war einmal ein Mörder, der in Straubing hingerichtet worden ist. Ich war sogar dabei und habe das alles mit angesehen und gehört. Der Pfarrer hat gesagt, dass sogar dieser Mensch in den Himmel kommen kann, wenn er Buße tut. In der Bibel steht es drinnen: Da wo die Schuld groß ist, da ist auch die … ich weiß es nicht mehr so genau… Da wo die Schuld aber groß ist, da ist auch die Gnade Gottes riesengroß! … und wo einer schon bezahlt hat für die Schuld, da kann das Gericht nicht noch einmal schuldig sprechen. Wer daran glaubt, für dessen Schuld, und sei sie noch so groß, ist Christus eingetreten und hingerichtet worden."

„Hmm …"

Fanni machte eine Pause, dann sprach sie leise weiter:

„Der Pfarrer, von dem ich das alles weiß, der hat auch mir meine Schuld abgesprochen. Ich hab selbst eine zentnerschwere Last tragen müssen, aber er hat es mir abgesprochen. Ich sollte es auf unseren Heiland werfen - der hat auch für mich gebüßt. Ich darf es in Anspruch nehmen und jeder andere Mensch genauso. Magda, seit ich das verstanden hab, bin ich ein neuer Mensch!"

***

Nachdem ein Eintopf mit Speck verteilt wurde, sammelten sich wieder viele Passagiere an Deck. Der Wolkenhimmel zeigte nun ein sich rasch veränderndes Lichtspiel, bevor die Sonne langsam in das Meer eintauchte. Zuerst leuchtete sie wie ein gelbglühender Schmiedeofen, dann zogen nach außen orangerote Schichten durch das Wolkenfirmament. Schon nach einer halben Stunde verfinsterte sich allmählich der hellblaue Schein und wurde zur schwarzblauen Nacht. An das andauernde Rauschen des Meeres hatten sich die Ohren längst gewöhnt, dies wurde nur noch beim bewussten Hinhören wahrgenommen.

Auch wenn allmählich so etwas wie Alltag einkehrte, so war auch dieser noch ein großes Abenteuer. So vieles war anders als auf dem Land. Zuerst hatten sich die Frauen über den Fleischsegen gewundert und gefreut, denn in ihrem alten Zuhause war dies den Feiertagen vorbehalten. Auf dem Schiff war es eines der wichtigsten Lebensmittel, das entsprechend konserviert viele Wochen haltbar war. Gepökeltes Fleisch kam fast jeden Mittag auf den Blechteller. Salzfleisch zu Kraut, zu Kartoffeln, zu Steckrüben, zu Bohnen und zu Linsen. Gesalzenes Fleisch zu Getreidebrei und gesalzener Fisch zu Schiffszwieback. Am Morgen gab es Schiffszwieback zum Kaffee und zwischendurch einen Becher Wein oder Bier. Da es im Zwischendeck wenig Tische und Bänke gab, saßen die Menschen zum Essen auch auf den Tauen an Deck, an die Bordwand gelehnt oder auf Kisten und in den Kojen.

***

„Nirgends hat man seine Ruhe!", schimpfte Fanni häufig. „Noch nicht einmal auf dem Abort."
Der Abort, das war eine Ecke mit vorgespanntem Segeltuch und dahinter standen die ‚Schietpütze'. Eimer, teilweise mit Torf gefüllt, die man nach oben auf Deck mitnahm, sein Geschäft hinein verrichtete und dann über Bord kippte. Männer mussten grundsätzlich hinaufgehen, Frauen durften nachts die Eimer im Zwischendeck verwenden und abgedeckt hinter dem Vorhang stehen lassen.
Viele Passagiere genierten sich und konnten sich einfach unter den Augen von Mitreisenden nicht überwinden. Verstopfungen waren deshalb zu Beginn der Reise ein großes Übel. Rizinusöl musste gereicht werden.
Nach zehn Tagen auf See stieg Schinderhannes, der ruppige Matrose, mit einer Anordnung des Kapitäns ins Zwischendeck hinab. Er blieb etwas erhöht auf der Treppe stehen und plärrte mit seinem Sprachrohr in den finsteren Gang:
„Alle mal herhören, ihr Drecksbande! Es gibt eine Anordnung vom Kapitän! Da ihr in kürzester Zeit das Schiff total versaut habt, müsst ihr heute schrubben! Der Gestank ist ja nicht mehr

auszuhalten. Für das Fegen unter den Kojen ist jeder selbst verantwortlich. Für Zwischendeckboden, Abort und alle anderen Winkel bilden wir einen Putztrupp. Werkzeug gibt es bei mir."
Er bestimmte willkürlich Frauen, die nach dem Durchfegen mit Eimer und Bürsten ausgerüstet wurden. Sie mussten die Nassreinigung übernehmen.
„Bin ich froh, dass ich nicht drangekommen bin!", meinte Fanni.
„Ja, ich auch, aber es tut wirklich Not. Weißt noch, was uns der Matrose prophezeit hat, der uns den Platz zugewiesen hat?"
„Ich weiß es schon noch: in einer Woch stinkts hier wie bei der Oma unterm Rock! Der Saubär!"
„Aber Recht gehabt hat er. Es ist ja nicht mehr zum Aushalten. Wenn auch keiner was kann für seine Seekrankheit, aber das muss halt jetzt auch einmal wieder sauber gemacht werden."

Nach dem Schrubben kam Schinderhannes mit einem rauchenden Eimer hinabgestiegen. Auf ein paar glühenden Kohlestücken glimmte und qualmte ein Kräuterbüschel und verströmte einen angenehmen herben Geruch. Er konnte aber auch nicht umhin, die finsteren Ecken nochmal genau zu kontrollieren und mit einigen derben Sprüchen die vermeintliche Schlamperei zu kritisieren.
Am Nachmittag kam dann Kapitän Canbley, leger gekleidet ohne Mütze und Jacke, lediglich mit einer Weste über dem weißen Hemd, um in Begleitung des 1. Steuermanns seine Lebendfracht zu inspizieren. Er wollte sich ein Bild über den gesundheitlichen Zustand der Passagiere machen und trug vorsorglich schon seine

Schiffsapotheke, ein kleines Holzkästchen mit Arzneien in vielen kleinen braunen Gläsern und Fläschchen, mit sich.
Zum Glück stellte er keine Besorgnis erregenden Fälle fest. Seekrankheit in nur leichten bis mittelschweren Fällen, Erkältungserscheinungen, Magen- und Darmbeschwerden, ein Armbruch und kleinere Verletzungen. Zufrieden verließ er ohne lange Worte das Zwischendeck wieder. Lina und Kati saßen auf ihren Matratzen, während die Mütter Tee aus der Kombüse holten. Die Kinder fanden immer etwas, womit sie spielen konnten. Obwohl es verboten war, Kontakt zu den Matrosen zu pflegen, hatte Lina ein besonderes Spielzeug vom Schiffsjungen bekommen. Er hatte aus einem dünnen Tau eine Puppe geknüpft und sie ihr geschenkt. Lina war außer sich vor Freude. Die Puppe diente nun als Vorlage. Auf dem Deck hatten sie ein weiteres Stück Hanfseil ‚organisiert' und versuchten nun, daraus selbst noch eine weitere Figur zu basteln.

***

Wer konnte, war der Aufforderung des Kapitäns gefolgt und nach dem Frühstück gegen 10 Uhr an Deck gekommen. Die Eugenie machte bei der angenehmen Nordwestbrise langsame Fahrt unter schönster Sommersonne. Eben waren die Matrosen noch in der Rahe gestanden und hatten am Fockmast ein Großsegel gerefft, doch jetzt saßen sie auf den Stangen und lauschten mit den Passagieren der Ansprache des Kapitäns.
„Dem Himmel sei Dank, haben wir wieder eine nicht ungefährliche Etappe ohne Blessuren hinter uns gebracht. Der Golf von Bis-

kaya ist für bisweilen sehr raue See bekannt und liegt nun hinter uns. Besonders im Herbst, aber auch zur jetzigen Jahreszeit hat es schon viele Havarien gegeben. Die Eugenie ist die vergangenen Tage zwar hart am Wind gesegelt, aber Gott sei Dank ohne Sturm und so konnten wir gute Strecke machen. Wenn Sie sich jetzt umdrehen und über den Bug schauen, dann sehen Sie bereits die Küste Spaniens."
Alle Köpfe drehten sich wie auf ein Kommando über die Schultern und die Menge jubelte über die gute Nachricht. Einige klatschten, andere juchzten vor Freude und Erleichterung. Der Kapitän deutete an zu schweigen und fuhr fort:
„Ich möchte deshalb die laue See heute nutzen, diesen Erfolg mit Ihnen zu feiern. Den Smut habe ich gebeten, sich für das Mittagessen besondere Mühe zu geben. Am Nachmittag soll Wein ausgeschenkt werden und wir wollen uns mit Musik und Tanz die Zeit vertreiben."
Wieder wurde geklatscht und gejubelt.
„Wie wärs, gehen wir zusammen auf den Tanzboden?"
Magdalena rempelte Fanni an und zwinkerte ihr zu.
„Ja schon, aber ich geh nicht mit dir, ich such mir den schönsten Matrosen dazu aus! Bleib nur du schön brav unten im Bett und trag dein Kind aus!", witzelte Fanni.
„Die Matrosen werden gerade auf dich stehen. Da kenn ich ein paar jüngere Weiber, die sich herausputzen werden. Denen gehst du nur im Weg um."
„Weißt du was? Mit einer Flasche Schnaps unterm Arm krieg ich noch immer einen jeden von diesen Zipfeln!"

„Den alten, buckligen Zimmermann vielleicht, oder den Schinderhannes. Da wünsch ich dir einen guten Appetit!"
„Die zwei sind doch schon für die Russenweiber reserviert!"
Die beiden lachten, fassten sich an den Armen und drehten sich gleich auf der Stelle zum Tanz.
„Das wird lustig!"
Der Kapitän hatte mit einem besonderen Mittagessen nicht zu viel versprochen. Der Eintopf bestand aus Steckrüben, Kartoffeln, Sellerie, Karotten und nach langer Zeit wieder einmal mit Fleisch, das nicht wochenlang in Salz gepökelt, sondern frisch schmeckte.
„Mei, schmeckt das gut! Woher haben die das nur?"
Ein Matrose konnte das Geheimnis lüften: Das Schwein, das an Bord mit den Abfällen aus der Küche gefüttert wurde, hatte sich beim schweren Seegang ein Bein gebrochen. Es stand zwar noch nicht auf dem Speiseplan des Kapitäns, aber es musste kurzer Hand notgeschlachtet werden. Ein paar gute Stücke wanderten in Canbleys Topf, der große Rest in den Festtagseintopf. Schon nach dem Mittagessen wurde aus einem kleinen Fässchen Cognac ausgeschenkt, dann war noch Zeit für eine Mittagspause, bevor die Ziehharmonika erklang.
Viele Menschen standen an der Reling und schauten in die Fluten, worin sich die Sonne spiegelte und glänzte, sodass man geblendet war von diesem schönen Tag.
„Schau, da!", rief plötzlich eine Frauenstimme und zeigte mit ausgestrecktem Arm in das Wasser dicht an der Schiffswand.
Magdalena, die nur wenige Meter danebenstand, suchte nach dem Grund der Aufmerksamkeit und sah plötzlich den silbergrauen Rücken, der sich aus den Fluten emporhob und in der

Sonne glänzte. Daneben noch einer, dann waren sie wieder untergetaucht. Was war das?

„Fanni, schau! Da! Siehst du die zwei großen Fische? Drei! Nein vier sind es!"

Eine lange graue Nase hob sich ab. Die Fische schwammen nur wenige Meter neben dem Schiff her, so als würden sie den Segler begleiten.

„Delphinfische sind das!", hörten sie einen Mann begeistert rufen. Die Frauen hatten auch davon gehört, dass diese Fische manchmal die Schiffe begleiteten, so wie ein Hund neben seinem Herrn herläuft.

„Lina komm her, da schwimmen Delphinfische, schau!"

Magdalena hob Kati ein bisschen hoch, damit auch sie eine gute Sicht hatte.

Fanni bemerkte, wie Magdalena nach einer Weile das Gesicht verzog und ihr Schweißperlen auf der Nase standen. Sie musste Kati absetzen und schnaufte schwer.

„Ich kann dich nimmer heben, du bist schon so groß und so schwer geworden!"

„Ist dir nicht gut, Magda?"

„Es geht schon. Mir hat es nur so einen Stich gegeben, aber es geht schon wieder."

„Gewöhnt bist du halt nichts mehr … und mit deinem Kind im Bauch …! Ich sags ja: aus der Tanzerei wird nichts für dich. Du brauchst dir überhaupt nicht einbilden, dass dich einer mag mit dem Kindsbauch!"

Fanni lachte, meinte das nicht böse und kniff Magdalena in den Hintern.

„Aua, spinnt du! Spielst du jetzt den gamsigen Matrosen, oder was?"
Alle hatten eine Riesengaudi an diesem Nachmittag. Das Akkordeon spielte, die Gesellschaft sang Heimatlieder und ein Matrose blies zwischendurch auf seiner Trompete, bis er nach ein paar Becher Wein, Cognac und Schnaps aus den persönlichen Beständen der Passagiere die Töne so gar nicht mehr treffen konnte. Es mochte am vernebelten Geist liegen, an den zu langsam reagierenden Fingern oder daran, dass er für seine Lippen nicht mehr die richtige Spannung fand - es wollte kein stimmiger Ton mehr aus dem Trichter kommen. Ein Kamerad erbarmte sich, nahm ihm schließlich unter viel gutem Zureden das Instrument weg und erlöste die Allgemeinheit.
In dieser Nacht lag Fanni noch eine Weile wach, obwohl ihr der Wein zugesetzt hatte. Sie war müde, aber schlafen konnte sie noch nicht. Sie hatte noch etwas vor, sie wollte noch mit jemandem sprechen.

Lieber Herrgott. Du hast mich hierher geführt auf das große Wasser und ich bin so froh, dass ich gesund und in keiner Bedrängnis bin. Ich glaube, bis zum heutigen Tag hab ich immer nur zu dir gebetet, wenn ich in Not war. Ja, Not hab ich genug gehabt! Aber heute möchte ich dir danken, für alles Gute, das du mir getan hast. Ich möchte dir vor allem danken, dass du mir die Magda geschenkt hast. Ich hab noch nie in meinem Leben eine Freundin gehabt. Hier erlebe ich zum ersten Mal, wie schön das ist. Wenn du es auch gern hast, dann wünsch ich mir, dass wir miteinander, die Magda und ich, in Amerika ein neues Leben anfangen können. Ich weiß nicht, ob die Magda mit ihrer Familie nahe beim Sep-

perl leben wird, aber schön wär es schon, wenn wir uns besuchen könnten. Ich wünsch es mir, damit wir uns weiterhin helfen können und Freude zusammen haben. Ich glaube, dass es dich wirklich gibt, und dass ich dir nicht zu klein bin mit meinem Bitten. Danke Herrgott, für deinen Segen!

Ein ‚Vater unser' betete sie noch in Gedanken, aber während ihr eine Träne aus dem Augenwinkel lief, verlor sich ihr Gebet in ruhigem und tiefem Schlaf.

***

„Und wie gehts euch?", fragte Fanni den Karl Langmeier, der mit drei anderen Burschen auf Kisten hockte und ein Kartenspiel drosch.
„Jetzt gehts schon wieder, aber frag nicht, wie wir alle gekotzt haben, die erste Zeit. Ich hab gemeint, ich muss verrecken!"
„Es hat kaum einen verschont."
„So Burschen, jetzt müsst ihr mich kurz entschuldigen. Ihr seht es ja, ich hab Damenbesuch. Aber keinen aufrücken lassen, ich spiel gleich wieder mit!"
Karl löste die Stricke, mit denen er kunstvoll seine Truhe gesichert hatte, und holte den noch halb gefüllten Essigballon heraus.
„Allmählich werden wir ihm schon Herr!", meinte er, schlug den Truhendeckel zu und hob die Flasche darauf. Jetzt konnte er sie trotz wankendem Schiffsboden vorsichtig neigen und durch einen Trichter den bernsteinfarbenen Essig in Fannis leere Schnapsflasche einfüllen.

„Ich frage mich, wie das noch werden soll. Das Trinkwasser schmeckt jetzt schon so komisch abgestanden. Das mag ich ohne Essig oder einem Schluck Korn überhaupt nicht mehr trinken", sagte Fanni.
„Teil dir deinen Schnaps lieber sparsam ein, der wird mit jedem Tag wertvoller! Du bist viel mit der schwangeren Österreicherin unterwegs, gell?"
„Wir liegen zusammen in einer Koje."
„Ich hab es mir schon gedacht. Du, ich wüsste da etwas zum Zeitvertreib für euch. Die Brummers haben ein Damenbrett dabei - das würden sie euch bestimmt leihen."
„Ui, das wäre fein. Da frag ich die Elisabeth gleich - ich weiß, wo die ihren Platz haben. Ich dank dir, Karl! Dann kannst du jetzt wieder zum Kartenspielen, behüt dich Gott!"
„Hat mich sehr gefreut! Ich hatte eigentlich gehofft, dass wir zwei uns auf dieser langen Reise öfters ein wenig unterhalten können. Schau halt wieder einmal vorbei!"
Fanni errötete und wusste ihm gar keine Antwort zu geben.
‚Na so was. Der Karl mag sich mit mir unterhalten?'
Sie war so durcheinander, dass sie versehentlich die Essigflasche stehen ließ, als sie sich abwandte.
„Fanni!"
„Was ist?"
„Magst die Flasche nicht mitnehmen?"
„Oh!", brachte sie nur heraus und hatte das Gefühl, dass ihr die Hitze noch stärker in die Wangen stieg.
Nachdem sie zurück auf ihrem Platz war und ihre Tagesration Trinkwasser mit Essig versetzt hatte, steckte sie die Flasche zu

den anderen, die eingezwängt von ihren Utensilien seitlich an der Kofferwand standen, und klappte den Deckel wieder zu.
‚Halt, da stimmt etwas nicht!', fuhr es ihr durch den Kopf. Sie riss den Deckel ihres Reisekoffers wieder auf.
„Da fehlt eine!"
Nur noch zwei Schnapsflaschen und die Essigflasche standen da, wo der spirituose Vorrat größer sein sollte. Sie durchwühlte hastig ihre Sachen, doch die Flasche blieb verschwunden.
Zornig sprang sie auf und schaute in die Koje, wo Magdalena und die Kinder mit Kieselsteinen Muster legten.
„Hast du eine Flasche von mir rausgenommen?"
„Nein, gewiss nicht, warum?"
„Kreuzteufel! Das darf doch nicht wahr sein - mir ist eine Flasche Schnaps gestohlen worden! So ein Scheißdreck, so ein verdammter!"
Alles Fluchen half nichts. Dass Magdalena sich nicht bedient hatte, war ihr klar. Die beiden teilten zwar ihren persönlichen Proviant, aber bestehlen würden sie sich niemals.
Natürlich verdächtigte sie die Russinnen und machte ihnen umständlich, aber unmissverständlich klar, worum es ging, doch die schüttelten nur die Köpfe und drehten sich weg. Alles Schreien und Vorhalten half nichts. Sie forderte Einsicht in die Koffer und Säcke der Nachbarpassagiere, doch niemand ging auf ihr Klagen ein. Im Gegenteil! Sie musste sich noch einige blöde Sprüche anhören.
„Dem Kapitän werde ichs melden, jawohl. Wenn ich den erwische, der meinen Schnaps sauft, dem zieh ich die Flasche über den Kopf, da kannst du Gift drauf nehmen!"

„Geh, Fanni. So kenn ich dich ja gar nicht. Die Welt geht schon nicht unter deswegen. Aber aufpassen müssen wir besser und immer gut zubinden."
Die Russinnen unter ihnen tuschelten und kicherten - das trieb die Geschädigte erst recht auf die Palme.
„Wenn ich eine von denen erwische, dann gibt es nichts mehr zum Lachen, das kannst du mir glauben!"

***

Die Tage vergingen im gleichen, wiederkehrenden Trott, aber mit vielen Herausforderungen des Zusammenlebens. Gegenseitige Rücksichtnahme war nur bedingt möglich. Dass der Mensch für die Freiheit und einen gewissen Abstand voneinander geschaffen ist, das wurde auf dem Schiff besonders deutlich. Die Enge im Zwischendeck, wo Fremde dicht an dicht liegen mussten wie die Kartoffeln in der Steige, nahm diesen einfachen Männern und Frauen den Rest ihres Selbstwertgefühls und Achtung vor einander. Die Ausdünstungen der schwitzenden Körper, der Geruch der speckigen Haare des anderen, die nur eine Handbreit links und rechts neben einem im Kissen lagen, der stinkende Atem und jeder Furz musste ertragen werden.
Noch bevor im Kanarenbecken der Kurs nach Westen auf den offenen Atlantik eingeschlagen wurde, hatten Kopfläuse und Bettwanzen das Zwischendeck komplett erobert. Trotz striktem Verbot, versuchten Männer sich in ruhigen Nächten manchmal einen heimlichen Schlafplatz auf dem Verdeck zu suchen. Die meiste Zeit jedoch, mussten alle im Gestank des Schiffsbauchs

ausharren. Die Menschenwürde ward einem vollends abgesprochen.

An der Reling zu stehen und mit dem Wind den Geist hinaustragen zu lassen in die Weite des Ozeans, war für jedermann ein Vergnügen. Die Geräusche hier auf dem Verdeck waren im Gegensatz zu dem Elend unter Deck Balsam in den Ohren. Hier spielte der Wind mit den Segeln und ließ die Tücher flattern. Es quietschten die Rollen und die Hanfseile knarrten, wo auch immer sie über Holz gespannt waren. Die Matrosen liefen die Wanten hinauf wie flinke Affen und wiederholten in den verschiedenen Stimmlagen die Kommandos des Bootsmanns. Und das Meer, es rauschte und brodelte, es spritzte und zischte in einer Gleichmäßigkeit, die einen dann und wann die Zeit und die bedrückenden Umstände vergessen ließ.

Magdalena stand gern vorne am Bug. Bei ruhiger See blickte sie lange hinaus. Manchmal öffnete sie ihren Haarknoten und ließ die braunen Locken im Wind wehen.

Einmal begleitete die Eugenie sogar ein Walfisch. In einem Abstand von wenigen hundert Fuß schwamm der graubraune Buckel nebenher, blies Luft in Fontänen aus seinem Atemloch oder grüßte mit seiner gewaltigen Schwanzflosse. Mehrere Stunden leistete er Gesellschaft.

„Weißt was, Fanni: In so einem Sack in die Tiefe hinunterfahren - das wär das Letzte für mich. Da unten ist es so finster und still! Aber das Meer, das möchte ich schon noch hören können, wenn ich einmal gestorben bin. Dann möchte ich am liebsten an einer Küste begraben sein und mich an das hier erinnern können, wenn der Sturm die Wellen an die Felsen schlägt."

***

Die Passatwinde hielten, was Kapitän Canbley versprochen hatte. Zwanzig Segel blähten sich in den warmen Winden und das neue Schiff spielte alle seine Vorzüge aus. Einen Dreimastsegler aus Frankreich, der vor ihnen auftauchte, konnten sie recht schnell einholen und mit einem Juchu hinter sich lassen. Alle waren außer sich und übermütig. Die Männer winkten mit ihren Hüten so stürmisch, dass ein paar in den Wind gerieten und gleich darauf auf den Wellen tanzten.

Doch so sehr man sich über das schnelle Vorankommen freute, wurde der ungewohnt warme Wind zur Belastung. Die Temperaturen stiegen von Tag zu Tag und erreichten nachmittags über 25 Grad. Für die Auswanderer war dies durchaus eine unverhoffte Belastung, weil die meisten nur die warmen Kleider besaßen, die sie am Leibe trugen, und kaum leichtere Teile eingepackt hatten. Glücklich war, wer ein zweites Paar Schuhe besaß, das er für die Ankunft schonte, denn das Salzwasser, das immer wieder über die Schiffsbordwand schlug, setzte ihnen sehr zu. Bei vielen lösten sich bereits die Sohlen ab.

Die Auswahl aus den Vorräten verkleinerte sich zusehends. Das Trinkwasser stank inzwischen so sehr, dass es seinen Namen nicht mehr verdiente. Ebenso hätte man Jauche schöpfen können. Ohne Zusätze wie Essig, Zucker oder Wein konnte man das so wichtige Wasser nicht mehr trinken. Der heiße Wind trocknete die Menschen aus. Wann immer es möglich war, versuchten die Passagiere das Wasser abzukochen oder als Tee aufzugießen. Einige Personen litten an recht starken Darmerkrankungen. Ein Kleinkind von ungefähr einem Jahr, das ehemals als kräftiger Nachtschreier bekannt war, verstummte mehr und mehr, verstarb schließlich an Auszehrung nach anhaltendem Erbrechen und Durchfall. Es ging einem älteren Mann aus Schlesien voraus, der am übernächsten Tag vom Brett in die Tiefe rutschen musste.

Für die Kinder war die karibische Wärme am angenehmsten zu ertragen. Die Kleinen liefen nackt oder nur mit einem Hemdchen bekleidet. Sie wuselten überall auf dem Deck herum, spielten Verstecken oder Fangen, sie warfen Kiesel, Buben übten sich im Ringen und Armdrücken.

Am 44. Tag sollte nach den Berechnungen des Obersteuermanns die Insel Bahamas auftauchen. Der Matrose auf dem Mast spähte nach dem kleinen Eiland, doch so sehr er sich auch anstrengte, erblicke er nichts als das unendliche Blau. Dunkles und glänzendes Meeresblau unten und den hellblauen Himmel mit vielen weißen Wolken oben. Wieder ein guter Wind! Mit dem Handlog zählte der Steuermann 10 Knoten und war mit dem Vorwärtskommen sehr zufrieden. Das Schiff zog eine lange, schäumende weiße Spur in den Atlantik. Gegen Nachmittag schlug jedoch das Wetter um und die flockigen weißen Haufenwolken verwandelten sich zu einer grauen Decke. Noch änderte die Mannschaft die Takelage nicht. Die erfahrenen Offiziere blickten aber besorgt luvwärts. Als der Steuermann in den fernen schwarzen Wolken einen ersten Blitz zucken sah, rief er die Matrosen an, um die rasante Fahrt zu korrigieren und endlich die ersten Segel zu streichen. Das Großsegel musste schleunigst herunter. Es böte einem Sturm eine viel zu große Angriffsfläche, könnte das Schiff zu stark seitwärts drücken und vielleicht sogar das Brechen des Mastbaums begünstigen.

„Los Männer - das Großsegel reffen! Schnell, schnell, wir müssen das Sturmfock aufziehen!"

Mit gerunzelter Stirn verfolgte der Kapitän die Arbeit in den Rahen. Seiner Meinung nach hatte der Steuermann, der dies zu beurteilen hatte, diesmal zu spät reagiert. Canbley war in allem, was die Sicherheit des Schiffes betraf, stets vorsichtig und wollte kein Risiko eingehen. Er kraulte sich besorgt den Bart. Die zweite Wache musste, obwohl sie erst vor einer Stunde abgelöst worden war, mit anpacken.

„Alle Mann an Deck!", schrie der 2. Steuermann in den Mannschaftsraum hinunter und schon wenig später kletterten die zusätzlichen Seemänner auch hinauf, um die Rahsegel einzuholen. Inzwischen hämmerten schwere Regentropfen auf das Verdeck. Die Leichtmatrosen spannten Seile, sogenannte Manntaue, über Deck. Diese dienten als zusätzliche Absicherung, an denen sich die Matrosen festhalten konnten, bzw. gehalten wurden, wenn Wasserschwalle ihnen die Beine wegspülten. Alle verbliebenen Passagiere mussten schleunigst das Deck räumen und hinunter in ihre Kojen. Es gab immer einige übermütige Männer, die sich nicht kommandieren lassen wollten und sich vor den Matrosen versteckten. Häufig hockten noch ein paar Leichtsinnige im Tauwerk oder bei den Aufbauten auf Achtern, um zu bleiben, doch sie waren nur im Weg und unterschätzten die Gefahr, über Bord gespült zu werden. Die Ansagen des Kapitäns aber waren den Matrosen ohne Ausnahme Befehl und sie scheuten nicht davor zurück, diese wenn es denn sein musste, auf rabiate Art umzusetzen. Da riskierte schnell mal ein unvernünftiger Kerl ein blaues Auge und Schrammen.

Endlich war das Großsegel gerefft und mit Tauen zusammengebunden. Noch standen acht Mann auf der Rahe und ließen es vorsichtig zu den Kameraden hinunter, die es sicher verstauten. Der Himmel hing voll schwarzer Wolken, aus denen sich sintflutartiger Regen ergoss. Inzwischen peitschten Sturmböen den tosenden Ozean und formten Wellen, die das Schiff verschlucken wollten. Einmal tauchte der Bug so tief in das Tal einer Monsterwelle und eine zweite brach sich über dem Segler, sodass es komplett überspült war und große Mengen Seewasser in den Schiffsinnenraum eindrangen. Kapitän Canbley bemerkte, wie ein Matrose am Steuer seinen sicheren Halt verlor und gegen ein Geländer rutschte. Das Steuerrad drehte durch wie die Schiffsschraube eines Dampfers. Canbley kämpfte sich durch Sturm und Regenschauer und griff in das wildgewordene Steuerrad, hielt es fest, wischte mit seiner Rechten das Wasser vom Kompassglas und drehte das Steuer auf Kurs. Zu zweit standen sie dann und hielten gemeinsam das Steuerrad gegen die Kraft der See.

Im Zwischendeck kreischten indes Frauen und Kinder laut auf und klammerten sich so gut es ging an Bettgestellen und Balken fest. Vieles, was nicht festgezurrt war, wurde umgeworfen und rutschte von einer Seite zur anderen. Wie einen Spielball warf die Urgewalt des Meeres das Schiff hin und her, dann wieder pumpte es das Spielzeug viele Meter hoch, um es gleich darauf noch tiefer in die schwarze Galle des Ungeheuers zu schleudern. Die Auswanderer krallten sich wie die Zecken in das Mobiliar, um nicht im finsteren Bauch aus Holz und Stahl zu Tode geworfen zu wer-

den, so wie junge Katzen auf einem Steinboden erschlagen werden.
Sie waren von der Heftigkeit völlig überrascht worden. Das Ächzen des Schiffes, das Neigen und Heben, war ihnen zwar zur Gewohnheit geworden und bedeutete bislang stets einen günstigen Wind und gute Fahrt zu ihrer neuen Heimat, diesmal schien die Lage aber sehr ernst. Fanni fasste mit ihrer Hand an die rumorende Schiffswandung und erschrak. Es war ihr, als würde sie eine kalte, aber lebende Haut berühren, die sich pulsierend gegen den Würgegriff eines Teufels stemmte. Noch rechtzeitig hatte sie ein Hanfseil durch Löcher in den Seitenwangenbrettern der Koje fädeln können, es über die vier Leiber der Frauen und Mädchen gespannt und es geschickt verknotet. Jetzt konnten sie sich auf ihrem Lager sicher festhalten.

Herrgott! Herrgott, erbarm dich über uns!
Steh uns bei in dieser schweren Stunde! Ich bitte dich, verschone uns. Lass uns nicht untergehen. Ich bitte dich, lass die Lina und mich gesund ankommen. Ich möchte auch für immer ein rechtschaffenes Leben führen. Herr Jesus, steh uns bei! Wir sind doch lauter arme Teufel. Welchen Sinn sollte es haben, wenn du unser Schiff nach all dem Lebenselend jetzt untergehen lässt. Ich bitte dich, verschone uns. Die Lina und ich, wir wollen nicht das Opfer sein, damit sich das Wetter wieder beruhigt. Bitte verschone uns zwei!

In Todesangst schrien die Passagiere um Hilfe, Verzweifelte kreischten, klammerten sich an Angehörige. Mancher Gläubige schrie sein Flehen zu Gott lautstark heraus, mancher lag mit ge-

schlossenen Augen und flüsterte mit bebenden Lippen ‚Vater unser' und ‚Gegrüßt seist du Maria'. Sie beschworen die lieben Heiligen und insbesondere den heiligen Nikolaus, von dem der Kapitän in der Sonntagsandacht als Schutzpatron der Seefahrer gesprochen hatte. Der heilige Nikolaus hilft in Seenot und Bedrängnis, das sei durch viele Wunder und Bewahrungen belegt.
„Ach Scheißdreck!", schimpfte Magdalena. „Meine Kiste ist lose - Mist, die rutscht davon!"
Sie sah von ihrer Koje, wie ihre Reisekiste erst auf die andere Schiffsseite, dann zurück glitt, aber nicht auf ihrer Höhe, sondern dass sie eine Koje hinter ihnen an die Bretterwand schlug.
„Ich muss hinunter!"
„Bleib bloß da!", mahnte Fanni. „Die Kiste kriegst du später auch wieder."
„Ja, die Kiste schon, aber wahrscheinlich ist sie dann leer!"
„Jetzt sei nicht verrückt. Das ist zu gefährlich!"
„Es hat sich eh schon ein bisschen beruhigt."
Magdalena schlüpfte aus der Seilsicherung heraus, stand auf Händen und Knien und lächelte ihre Kati an.
„Einer muss gehen, von uns zwei. Wer ist die Mutige?", feixte sie mit tiefer Stimme zu ihrer Tochter.
„Du!", piepste Kati.
Ihre Mutter lächelte, küsste sie auf die Stirn und setzte ein Bein über das Seitenbrett.

***

Einzig die kleinen dreieckigen Stagsegel zwischen den Masten waren noch aufgezogen, um dem Schiff Stabilität zu geben. Die Matrosen hatten alles, was zu tun war, geschafft. Die Morgenwache konnte sich wieder unter Deck verziehen. Jetzt musste nur noch das Ruder auf Kurs gehalten werden und es galt auszuharren. Ausharren und beobachten, ob Schäden entstünden. Ein Stagsegel am Großmast war gerissen und hing in Fetzen, doch es auszutauschen war jetzt unmöglich. Pechschwarz waberte das Meer und die weiße Gischt spritzte und schlug von den Planken zu beiden Seiten nach außen, wenn der Schiffsbug nach unten in das Wasser eintauchte. Wind und harte See versuchten das Schiff wie ein Stehaufmännchen in die Fluten zu drücken. Die Wellen waren unberechenbar. Nach einem oder zwei Brechern ebbte die Naturgewalt meist wieder etwas ab und es folgten kleinere Nachläufer. Bisher war Kapitän Canbley mit seinem Schiff sehr zufrieden, doch in diesem Sturm war der Gesichtsausdruck des erfahrenen Seefahrers wie ein Spiegel der drohenden Gefahr. Wohl hatte er schon viele Segler durch gefährliche Stürme manövriert, doch die neue Eugenie mit ihrer kalten Stahlhaut war ihm und auch seiner Mannschaft im Kampf gegen das Unwetter noch fremd. Wer hätte beurteilen können, ob sich die moderne Konstruktion nun als Vorteil oder als Nachteil herausstellen würde. Viele Fragen gingen ihm durch den Kopf: Werden die Schweißnähte dem Druck des Wassers widerstehen, oder an den sich verwindenden Stahlplatten abreißen? Könnte das hohe Gewicht von Stahl und Eisen das Schiff zum vollständigen Untertauchen in das schäumende Meer bringen? Wird sich das Schiff nach einer gefährlichen Schlagseite wieder schnell genug aufrichten können?

Es gab viel Unbekanntes in dieser Situation, worin der Kapitän nicht auf seine bisherigen Erfahrungen zurückgreifen konnte. Leben oder Tod - das lag in dieser Stunde nicht in seiner Hand. Er könnte in den schwarzen Schlund hineintauchen, mit Mann und Maus ersaufen, und wüsste nichts dagegenzuhalten. Er schmeckte Blut in seinem Mund. Ohne den Schmerz zu bemerken, hatte er sich so sehr auf die Lippen gebissen, dass er ausspucken musste. Viele Passagiere und auch einige Seeleute meinten, es stünde zu diesem Zeitpunkt übel um ihr Leben, doch erst jetzt begann der tödliche Höllenritt. Immer tiefer schwingende Wellenamplituden hoben und senkten das Schiff. Plötzlich fiel es in ein tiefes Wellental, pumpte sich mit einer Riesenwelle nach oben, wobei es sich gefährlich leeseitig neigte. Die Welle schob ihren Spielball weiter, brach selber zusammen und warf ihn mit über 50 Grad Neigung in das Wellental zurück. Es war der bislang härteste Angriff des Meeres auf dieser ganzen Reise. Selbst die abgebrühtesten Seebären zitterten und erflehten jeden erdenklichen Beistand.

***

In diesem Wurf verlor Magdalena den Halt auf der Koje und wurde bei enormer Schiffsneigung hinabgeschleudert. Sie landete nicht etwa auf dem Zwischendeckboden, sondern schlug krachend, mit voller Wucht an die Kojenbalken der gegenüberliegenden Reihen. Bewusstlos fiel sie zu Boden. Noch einmal hob und senkte sich die Eugenie bedenklich, dann kamen mildere Nachläufer. Alles war durcheinander. Kisten hatten sich von ihrer provisorischen Bandage gelöst und flogen durch den Schiffsraum, krachten an die Bettgestelle oder zerschlugen sich gegenseitig. Blechgeschirr schepperte, Flaschen zersplitterten und ergossen Essig, Wein und Hochprozentiges. Viele Passagiere hatten den Halt verloren, waren über Gepäck geflogen oder von Kisten getroffen worden. Ein hysterisches Kreischen in Todesangst und Schmerzensrufe im ganzen Raum. Dazu schäumte ein großer Schwall Seewasser hinunter und strömte über die Bodenbretter je nach Neigung des Schiffes. Im vorderen Teil, wo die Frauen untergebracht waren, brannte die Lampe nicht mehr. Man konnte den Schaden gar nicht abschätzen. Endlich beugte sich Fanni hinüber, um nach ihrer Freundin zu sehen, die sich am Boden krümmte.

„Magda!", schrie sie voll Sorge. „Was ist mit dir?"
Schnell stieg sie hinunter und fasste sie an der Schulter. Sie sah in ein blutverschmiertes Gesicht. Offensichtlich hatte sie sich die Nase gebrochen. Doch dies schien nicht ihr größter Schmerz zu sein. Sie zog die Beine an und hielt sich verkrampft den Kindsbauch.

„Mein Gott, das Kind! Kannst du aufstehen?"
Magdalena wimmerte mit schmerzverbissenem Mund. Ihre Augen waren zusammengekniffen.

„Hilfe! Kann uns jemand helfen? Bitte!"
Sofort standen Olga und Jelena neben ihr und nickten mit ernsten Mienen. Olga, die mit den Eisaugen, griff Magdalena vorsichtig unter die Achseln, die andere Russin unter das Gesäß, Fanni hob die Beine an.

„Daleko, Marisha!", keuchte sie zu der Frau in ihrer Koje und noch ein paar Worte, die Fanni nicht verstehen konnte. Marisha, die Jüngste, wälzte sich schnell zur Seite und ließ die anderen die verletzte Magdalena auf ihren Schlafplatz legen. Gerade als sie zusammen die Verletzte sicher gebettet hatten, schüttelte der Sturm das Schiff wieder hin und her. Der schwere Seegang dauerte noch etwa eine Stunde, in der die Frauen nichts weiter machen konnten, als sich gegenseitig zu stützen und sich festzuhalten, dann ließen die Wellen nach, wobei weiterhin ein heftiger Regen herniederprasselte.

Ein kühlender Lappen ließ den Blutstrom aus der Nase bald versiegen, doch war sie angeschwollen und die Augenhöhlen blau verfärbt. Magdalena hatte noch immer krampfartige Schmerzen.

„Muss Rock ausziehen! Schauen, ob Kind gut!"

Zusammen öffneten sie ihr die Röcke und streiften sie vorsichtig ab. Was sich ihnen eröffnete, bestätigte bereits ihre Befürchtungen. Der Unterrock war mit Wasser und Blut getränkt. Was sollten sie nur machen? Das Kind war doch noch zu klein, um geboren zu werden. Fanni konnte die Verantwortung für Magdalenas Zustand nicht übernehmen.

„Namuschna schtobi Kapitan! Müssen Kapitan holen!", meinte auch Olga.

Fanni nickte.

„Ich schicke einen der Männer!"

Sie wollten nicht einen Fremden ansprechen, deshalb bahnte sie sich einen Weg nach hinten zu Karl. Ihm konnte sie die Notlage erklären und er würde sich nicht drücken, auch wenn ihm die Frauensache vielleicht peinlich wäre. Für falsches Schamgefühl war in dieser Situation kein Platz und schon gar keine Zeit. Die Frau war in echter Gefahr.

Während Karl wegen des Aufenthaltsverbots auf Deck etwas zaghaft hinaufstieg, stellten sich bei Magdalena Wehen ein.
Nach einer Viertelstunde kam Karl mit dem Kapitän im Schlepptau zurück ins Zwischendeck. Canbley sah sehr mitgenommen aus. Aus einer Platzwunde über seiner rechten Augenbraue quoll etwas Blut, das er mit einem Tuch abtupfte. Tropfnass und mit zerrissener Jacke sah er nach der Schwangeren, doch mit dieser Situation schien er sichtlich überfordert. Normale Entbindungen vollzogen sich während der Überfahrt ohne weitere Hilfe. Die Frauen mussten damit selbst fertig werden und oft genug war unter den Auswanderern zufällig ein Arzt, der alle möglichen Krankheiten und Verletzungen behandeln konnte. Diesmal tat sich weder ein Arzt noch eine Krankenschwester hervor. Mit Besorgnis erkannte er den enormen Blutverlust und kramte in seinem Arzneikoffer nach einem Mittel.
„Ist denn keine Hebamme oder Pflegerin unter den Reisenden?"
„Nicht, dass ich wüsste!", meinte Fanni.
„Na, dann gehen Sie halt fragen, dann wissen wir es!", herrschte er sie an. „Es ist wohl am besten, wenn wir die Frau hinaufschaffen in eine der Kojen, wo ich in Ruhe eine Arznei verabreichen kann!", meinte er.
Während Fanni erfolglos nach einer medizinischen Kraft forschte, zog Karl vorsichtig die weinende Magdalena vom Lager und trug sie allein über das schwankende Deck zu den Kabinen auf Achtern hinauf.
Als Fanni mit einigen Tüchern und Kamillentee hinterherkam, war Olga in der Kabine und hatte bereits mit warmem Wasser aus der Kombüse begonnen, die Verletzte zu reinigen.

„Kapitan hat gegeben gegen Schmerzen."
Nach einer neuen Wehe wischte sie der verängstigten Magdalena mit einem sauberen, nassen Lappen über die Stirn.
„Kind will kommen, hab kein Angst!"
Magdalena weinte. Sie wusste, dass der Zeitpunkt viel zu früh war, doch ihr Körper wollte das Kind gebären. Kapitän Canbley steckte nach etwa einer Stunde den Kopf zur Tür herein, als sich eben ein kleiner schwarzer Schopf durch den Muttermund schieben wollte. Schnell schlug er die Tür wieder zu - er konnte nicht helfen und wollte das nicht mit ansehen.
Die aufgewühlte See schien ein Einsehen zu haben mit der Not dieser gebeutelten Menschen und beruhigte sich langsam. Die Geburtswellen jedoch schwollen an, zwangen einen winzigen Buben aus dem geschundenen Körper der jungen Magdalena. Das Kind, das Olga in die Hände glitt, war tot.
Leise weinend wusch sie das winzige Baby im warmen Wasser, das in einem hohen Holzeimer bereitgestellt war, trocknete es ab, wickelte es in ein altes, graues, aber sauberes Tuch und zeigte es mitleidig der verzweifelten Mutter. Magdalena streckte die Hände danach aus und legte das Bündel an ihre angewinkelten Oberschenkel.
„Es hätte ein gutes Leben in Amerika haben können! Dieses Schiff, dieses verdammte Schiff ist noch unser aller Grab!", weinte sie.
Mit dem Daumen zeichnete sie ein Kreuz auf die weiche Stirn des Jungen.
„Kilian sollst du heißen. Ich taufe dich auf den Namen Kilian!", sagte sie mit erstickter Stimme.

Auch Fanni weinte und hatte keine Worte, um ihre Freundin zu trösten. Sie stand nur am Bettrand und hatte ihre Hand auf Magdalenas Kopf gelegt.
Nach einer Weile nahm sie das Kind wieder aus dem Arm der Mutter und legte es in eine Schüssel. Sie versprach, es mit Würde und einem Gebet dem dunklen Meer zu übergeben.
Als Magdalena eingeschlafen war, wandte sich Fanni an die Russin:
„Du warst eine so große Hilfe, ich danke dir aufrichtig für alles was du getan hast! Bist du etwa eine Hebamme?"
Olga lächelte verlegen. Sie schob das Kopftuch zurecht, das ihr in die Stirn gerutscht war und wischte sich Tränen und Schweiß ab.
„Ya byl medsestra. Ich Krankenswesta in Minsk."
Fanni fasste zögerlich ihre Hand und schüttelte sie wie zum Gruß.
„Ich hätte das nicht geschafft, vielen Dank!"
„Gut, gut. Ich lassen jetzt allein. Später kommen."
Fanni nickte dankbar, setzte sich erschöpft auf den Stuhl am Bett und nickte ihr nochmal zu, als Olga die Kabine verließ.
Viele Gedanken jagten ihr durch den Kopf: Sie musste die nächste Zeit ihre Freundin pflegen, aber auch Kati und Lina mussten versorgt werden. Sobald sich die See weiter beruhigt hatte, würde sie den toten Buben bestatten müssen. Und sie wunderte sich, dass Olga ihre Sprache verstehen und auch sprechen konnte. Ihr fielen viele hässliche Worte ein, die sie in der Wut laut geschimpft und gelästert hatte. Jetzt schämte sie sich dafür und stand in der Schuld der Russin.

Als sie so dasaß und in das blutunterlaufene Gesicht ihrer Freundin blickte, liefen ihr die Tränen über die Wangen und obwohl ihr nach Beten war, brachte sie nur einen Stoßseufzer hervor:
„Jesus, hilf! Jesus, erbarme dich!"
Sie wusste nicht, wie ihr geschah, doch auf einmal war ihr, als würde eine unsichtbare Hand ihr Kinn berühren und ihren Kopf hochheben. Da war plötzlich eine Stimme, die sagte:
„Du bist doch mein!"
Ein warmes Gefühl durchzog ihren Körper und gleichzeitig schauderte sie. Sie sprang auf und drehte sich zur Tür um zu schauen wer da gesprochen hatte, doch sie war allein. Für einen Moment blieb diese Wärme, und ihr Geist wurde ganz klar. Innere Bilder reihten sich aneinander. Sie musste sich die vielen schlimmen Ereignisse ihres Lebens vor ihr geistiges Auge führen lassen, doch sie machten ihr keine Angst mehr. Die Ereignisse auf dem Schiff und die Stürme sollten eine letzte Geißel des alten Lebens sein. Dann sah sie ein dickes Buch auf einem Tisch liegen, das mit einem lauten Klatschen zugeschlagen wurde. Es war in braunes Leder gebunden und wirkte schon sehr alt. Staub wirbelte auf und dann war da plötzlich ein neues Buch. Ein dünneres, das aufgemacht wurde, mit schneeweißen Blättern.
In ihrem Kopf wurde es ganz hell und ihr war schwindelig. Sie ließ sich wieder auf den Stuhl fallen und zwinkerte mit den Augen.
Es war etwas geschehen, was sie nicht verstehen konnte. Es waren nur ein paar Gedanken - Bilder ihres Lebens, aber diese Gedanken hatten ihre Angst verscheucht. Und wer hatte zu ihr gesprochen? Sie wusste genau, dass sie eine laute, ruhige Stimme gehört hatte.

Genauso, wie sie das Knarren des Schiffes, die Stimmen der Matrosen an Deck hörte, so wirklich hatte jemand gesagt:
„Du bist doch mein!"
Sie begann zu beten. Sie dankte Gott, dass er sie bis hierhergeführt hatte und dass er sie auch gesund nach Amerika bringen würde.

***

Am nächsten Morgen fuhr die Eugenie durch ruhige See. Neue Segel waren aufgezogen, im Sturm zerrissene Klüver- und Stagsegel ausgetauscht.
Im Zwischendeck räumten und sortierten die Menschen das heillose Durcheinander. Es stank erbärmlich. Auch die Schietpütze waren durch den ganzen Raum geworfen worden. Durch das eingedrungene Wasser dampfte alles feucht und modrig. Erst zum Holen des Mittagessens öffnete Schinderhannes die Tür zum Deck. Endlich durften alle wieder an die frische Luft.
Kapitän Canbley sprach zu den Auswanderern sichtlich erleichtert, dass das Schiff den schweren Sturm überstanden hatte, dass die gesprochenen Gebete Erhörung und Barmherzigkeit bei Gott erfahren hätten. Unwetter dieser Stärke hätten oft Schiffe in die Tiefe gezogen. Zur Feier des Tages schenkte der Smut Wein und Cognac aus und Matrosen sangen ein Seemannslied über den Sturm:

Nach dem Sturme fahren wir
sicher durch die Wellen,
lassen großer Schöpfer dir,
unser Lob erschallen,
loben dich mit Herz und Mund,
loben dich zu jeder Stund:
Christ Kyrie,
ja, dir gehorcht die See!

Einst in meiner letzten Not
lass mich nicht versinken,
sollt ich von dem bittern Tod,
Well' auf Welle trinken.
Reiche mir dann liebentbrannt,
Herr, Herr, deine Glaubenshand!
Christ Kyrie,
komm zu uns auf die See!

Unterdes stellte sich heraus, dass Magdalena immer noch blutete und sich bei ihrem Sturz auch Rippen gebrochen hatte. Sie durfte weiterhin in der Krankenkabine bleiben. Olga und Fanni kümmerten sich um sie, wechselten Kompressen und Binden, flößten ihr warmen Tee ein, doch anstelle Besserung zu verspüren, bekam sie am Nachmittag Fieber.

Im Zwischendeck schrubbten wieder Bürsten über den Bretterboden. Fanni hatte die Mädchen bei einer Familie aus Berlin zur Aufsicht geben können und so konnte auch sie ihre Habseligkeiten sortieren. Von ihrem Zuckerhut war noch immer der größte Teil übrig. Mit einem Hammer schlug sie ihn in zwei große Brocken, wickelte das größere Stück in ein sauberes Leinen und legte es auf ihre Matratze. Ein wenig später kamen Olga und Jelena.

„Olga, ich möchte mich nochmal bedanken und habe ein Geschenk für dich!"

Sie reichte ihr das Zuckerbündel. Zögerlich nahm Olga es in die Hand. Sie öffnete vorsichtig das Leinen. Mit nassglänzenden Augen lächelte sie und reichte ihr zum Dank die Hand.

„Viel Danke!"

Die nächsten Tage ging es wieder flott voran, das Schiff schaffte viele Seemeilen. Die Mädchen spielten oft mit den Berliner Kindern und Fanni verbrachte viel Zeit in der Krankenkabine. Was konnte sie schon ausrichten. Kapitän Canbley bot Rizinusöl an, doch davon hielten die Frauen nichts. Ein Pulver betäubte zumindest die Schmerzen der Verletzungen, aber das Fieber wollte nicht zurückgehen. Kurzzeitig schafften kalte Wadenwickel Erleichterung, doch zum Abend hin stieg es wieder an. Olga brachte eine Wurzel, die sie zu Tee aufbrühten. Ein Leibwickel sollte Schwellungen und Verletzungen am Unterleib heilen. Magdalena schlief die meiste Zeit. Sie lag bewegungslos auf dem Rücken, hässlich gezeichnet mit grünblau unterlaufenen Augen und einer Platzwunde auf der Stirn, doch sie war dankbar für den Beistand. Sobald das Schiff durch eine stärkere Welle unsanft traktiert wurde, krallte sie sich ängstlich am Bett oder an den Armen der Pflegerinnen fest. Kein Wunder, dass sich der Sturz traumatisch festgesetzt hatte. Sobald sie allein bleiben musste, standen ihr vor Angst die Schweißperlen auf der Stirn.

Am sechsten Abend nach dem schweren Sturz kam Fanni mit einer Gerstengrütze ans Krankenbett. Sie sah sofort, dass Magdalena gefährlich heiß war und befühlte ihre Stirn.

„Magda, du glühst ja!"

„Ich möchte trinken!"

„Ja, da muss ich aber nochmal raus und Tee kochen, das Trinkwasser ist nicht mehr gut."

„Bitte gib mir zu trinken!", bettelte sie.

„Ich sag es bloß schnell der Olga, dann komm ich gleich zurück!"

Sie beeilte sich, bat die Russin um die Zubereitung des Tees und kam mit einem Eimer Seewasser für Fieberwickel zurück. Sie schlug die nassen Tücher um Magdalenas Waden, kühlte die Stirn und die hochroten Wangen.

„Bleib bei mir, Fanni! Ich hab solche Angst!"

„Du musst keine Angst mehr haben, es wird schon wieder gut. In ein paar Tagen haben wir Amerika erreicht."

„Amerika!"

„Ja, höchstens noch eine Woche, aber vielleicht sind es nur noch fünf Tage. Der Steuermann hat es gesagt. Halt noch ein wenig aus! Du schaffst es schon!"

„Ich weiß nicht."

„Die Wickel helfen dir schon und ich bleib die ganze Nacht da, versprochen!"

„Fanni, ich bin so froh, dass ich dich getroffen hab!"

„In Amerika wird alles gut."

Fanni richtete sich ein Schlaflager auf dem Boden ein, um die Nacht bei ihrer Freundin bleiben zu können. Schließlich brachte Olga den Tee und Schiffszwieback. Auch einen der letzten Äpfel aus der Schale des Kapitäns hatte sie besorgen können, doch Magdalena aß davon nur ein paar Bissen.

Das Fieber wollte einfach nicht sinken. Jede Stunde legten sie kalte Fieberwickel an, doch der Zustand verschlechterte sich bis tief in die Nachtstunden zunehmend. Alpträume quälten sie und sie redete unverständliches Zeug, warf den Kopf hin und her, bis ein leichtes Aufhellen am Horizont den nächsten Morgen ankündigte. Aber auch der neue Tag brachte keine Besserung. Ihre Augen waren inzwischen tief in die Höhlen gesunken und ihr Blick war leer.

Als Fanni ihr das Gesicht kühlte, fasste Magdalena ihre Hand und sprach schwach:
„Fanni! Wenn ich nicht mehr ankomme in Amerika, versprich mir, dass du dich um Kati kümmerst!"
„Was redest du denn da für einen Unsinn?"
„Du musst sie zu ihrem Vater bringen."
„Natürlich würde ich das, aber es ist noch lange nicht zum Sterben, glaub mir. So schnell geht das nicht!"
„Ich glaube, Gott hat mich vergessen."
„So etwas sagt man nicht, Magda, schon gar nicht in einer solchen Situation! Hast du denn überhaupt gebetet?"
Magdalena wandte ihr Gesicht ab.
„Es hat keinen Sinn mehr. Mein Glaube war all die Zeit so klein, dass ich nicht in den Himmel kommen kann."
Fanni rückte den Stuhl näher an ihre Freundin, dann sagte sie ganz ernst und ruhig:
„Darf ich dir meine Geschichte erzählen?"
Magdalena schaute ihr eine Zeitlang in die Augen, dann nickte sie stumm. Fanni erzählte ihre Kindheit. Manchmal bebte ihre Stimme, manchmal musste sie die Tränen hinunterschlucken. Sie erzählte von ihren Liebschaften, von den Räubern und vom Tod ihres kleinen Sohnes. Sie erzählte von Jakob Diesinger, ihrem Mann, und wie dieser in den Flammen des kleinen Wohnhauses umkam. Dann erinnerte sie sich an die Worte des Kooperators Aigner in Straubing und versuchte, möglichst genau die Versprechen wiederzugeben.
„Magda, ich habe es dir schon einmal erzählt: es gibt keine Schuld, die zu groß wäre, als dass sie nicht Jesus durch den Tod

am Kreuz gesühnt hätte. Ich habe dem Pfarrer geglaubt, denn er hat es nicht erfunden, sondern aus der Heiligen Schrift herausgelesen. Ich kann mich wieder ganz genau an den Satz erinnern, den er bei der Hinrichtung der Räuber in Straubing gesprochen hat: ‚Wo aber die Sünde übergroß wurde, ist die Gnade Gottes noch größer geworden!' Und das gilt für jeden! Ein jeder darf Kind Gottes werden - das ist das einzige Ziel und wenn du das verstanden hast, dann kannst du getrost aus dieser leidvollen Welt gehen. Es ist schwer, Mann, Kind und das ganze Leben zurückzulassen, wenn man wie du noch in der Blüte steht, doch es wartet Gott selbst auf dich."

Für eine Weile herrschte Stille im Raum. Nur noch das Gebälk knarrte gleichmäßig mit dem Auf und Nieder der Fregatte. Die beiden Frauen hielten sich die Hand und dachten über die Worte nach. Seltsamerweise bewegte Fanni diese Erkenntnis ebenso wie ihre Freundin. Sie hatte sich selbst all das schon einmal bewusst gemacht, aber das Leben hatte ihr so viel abverlangt, dass sie sich eingestehen musste, wie oft sie wieder Schuld auf sich geladen hatte.

„Magda. Willst du Gott als deinen Retter annehmen, willst du glauben, dass Jesu Tod auch deine Schuld ausgelöscht hat? Dann bitte ihn doch, dass er dein Leben in seine Hand nimmt!"

Magdalena weinte. Sie weinte ihren ganzen Kummer heraus, dann flehte sie:

„Hilf mir beten, Fanni!"

Abwechselnd beteten sie um die Gnade Gottes und legten ihr Schicksal ganz in seine Hände, bis Magdalena in einen ruhigen Schlaf fiel.

„Ja, schlaf - das tut dir gut, dann schau ich jetzt nach den Kindern und bitte die Olga nochmal, dass sie bei dir wacht."
Am Abend brachte Fanni die kleine Kati zu ihrer Mutter ans Krankenbett und Magdalena war sehr glücklich, sie zu sehen. Sie konnte kaum sprechen, aber sie hielt die kleine weiche Hand. Sie spürte die feinen Fingerchen und strich ihr über den Lockenkopf. Später, als die beiden Frauen wieder allein waren, sagte Magdalena leise:
„Ich glaube dir, Fanni - und ich glaube an Gott! Er hat mich nicht vergessen, sondern er holt mich nach Hause. Ich danke dir für alles!", und mit schwacher und abbrechender Stimme meinte sie:
„Was wird in der Welt übrigbleiben von mir, wenn ich es nicht schaffe? Kati wird sich schon in ein paar Jahren nicht mehr an mein Gesicht erinnern können. In meiner alten Heimat hab ich alles weggegeben und in der neuen bin ich noch nicht einmal angekommen. Ein Bündel Kleider und ein wenig Silber und der Rest ist weggewischt."
Fanni streichelte ihr stumm mit tränenden Augen den zerkratzen Arm. Eine Weile weinten beide stumm.
„Was kann ein Mensch schon zurücklassen, das einen echten Wert hat? Du hast deine Mutterliebe in die kleine Kati hineingelegt. Sie wird ein Stück von dir in ihrem Herzen tragen, egal, ob sie sich an dich erinnern kann oder nicht. Ich kann dich doch jetzt schon in ihr erkennen. Wie sie die Nase hochzieht zum Beispiel, wenn sie das verdorbene Rauchfleisch vorgesetzt bekommt, oder aber auch ihr herzhaftes Lachen. Da blecken ihre großen weißen Zähne, genau wie die deinen. Sie ist die neue Magda und noch in ihren Kindern wird man dich wiedererkennen können, da bin ich mir

ganz sicher. Mach dir nur bloß keine großen Gedanken um diese Welt und was du darin Großes geschaffen hast, sondern denk lieber, wenn es denn wirklich so sein soll, an die Ewigkeit und dass dir dort der Herrgott deine Tränen wegwischen wird."
Mit einem Lächeln im Gesicht gab Magdalena in dieser Nacht ihr Leben auf.

***

Am 49. Tag nachdem die Eugenie Hamburg verlassen hatte, fuhr sie mit vollen Segeln in die ersehnte Hafenbucht von New York ein. Alle Auswanderer drängten an Deck, um die Neue Welt zu begrüßen. Sie lachten und schrien und warfen die Hüte in die Luft. Im Leben dieser gebeutelten Menschen hatte es keinen glücklicheren Moment gegeben. Endlich waren die Sorgen und die tägliche Ungewissheit überwunden. Wer sein Leben hatte herüberretten können, der vergaß seine Armseligkeit, seine zerlumpten Kleider und losen Sohlen. Nur noch das Leben zählte und die Hoffnung, dass dies die Stunde null ins Glück sein würde. Auch Fanni hatte längst ihre verbliebenen Habseligkeiten zusammengepackt. Jetzt stand sie wortlos und mit traurigen Augen mitten in der jubelnden Menge, links und rechts ein Mädchen an der Hand, und war doch im Geiste für einen Moment ganz allein mit ihrem Gott.
Danke, danke, danke, dass du mich in den vielen Stunden der Verzweiflung getragen hast. So vieles habe ich ertragen müssen, aber trotzdem schenkst du mir neuen Mut. Ich lebe! Ich lebe und meine kleine Lina ist mit mir. Endlich bin ich gesund und glücklich angekommen. Mit deinem

Segen kann jetzt das neue Buch geschrieben werden. Ich will nie mehr vergessen, dass ich dein bin.
Amerika!
Fanni erschrak, als sie plötzlich eine Hand auf ihrer Schulter spürte, und drehte verwundert den Kopf herum. Sie schaute in ein bärtiges, verwegenes Gesicht, worin zwei dunkle mitfühlende Augen funkelten.
„Karl!?"
Einen Moment erwiderte er nur mit ernster Miene ihren fragenden Blick.
„Wo wirst du hingehen, Fanni?"
Fanni biss auf ihrer Unterlippe herum, dann strich sie Kati mit der Hand über den kleinen Kopf und sagte: „Ich muss den Vater der Kleinen finden - das habe ich Magda versprochen. Ich hoffe so sehr, dass er da ist!"
„Bestimmt, er hat ja seine Frau und sein Kind erwartet!"
„Das wird schwer. Ich weiß gar nicht, wie ich ihm das mit Magda alles sagen soll. Ich kann ihm schließlich nicht einfach die Kati in die Hand drücken und verschwinden."
„Du bist stark!"
„Ja, ich bin stark, weil ich stark sein muss, aber ich wünschte, das wäre nicht so oft nötig."
Karl antwortete mit einem Grinsen.
Fanni wurde auf einmal wieder sehr ernst und mit feuchten Augen sagte sie: „Ich weiß ja noch gar nicht, ob ich aufgenommen werde, weil ich alleinstehend reise. Wenn mein Bruder seinen Leumundsnachweis nicht vorgelegt hat, dann schicken die mich mit dem nächsten Schiff zurück!"

Karl kratzte sich etwas unsicher am Hinterkopf, denn er hatte ja die Diskussionen im Hamburger Nachweisungsbüro miterlebt und wusste auch, dass Amerika nur Menschen aufnimmt, die dem Staat nicht auf der Tasche liegen.
Nach einer kleinen Weile nahm er Fannis Hand und sagte bestimmt:
„Mach dir keine Sorgen, Fanni, ich bin immer noch der Obmann der Reisegesellschaft und wenn es sein muss, dann steh ich für dich ein!"
„Das ist lieb von dir!"
„Wir gehen da jetzt gemeinsam durch, verstanden?"
Fanni konnte nicht anders und fiel ihm um den Hals.

Den Karl, den hast DU mir geschickt, mein Gott. Danke! Du lässt mich nicht im Stich. Segne uns und unser Leben und unsere Einreise in dieses Land.

„Entschuldige bitte, aber ich bin so froh, dass ich auf dich zählen kann. Bevor ich mich zurückbringen lasse, springe ich lieber gleich ins Meer. Nie mehr mag ich das ertragen!"
„Das musst du nicht, ich bring dich nach Amerika hinein und falls dein Bruder nicht da ist, dann kannst du mit mir kommen und bleiben, solange du willst."
Einen pochenden Herzschlag spürte Fanni auf einmal bis zum Hals hinauf und sie hörte sich mit trockenem Mund sagen:
„Ich will!"

Quellen

Ahnenreihe.
Erstellt vom Archiv des Bistums Passau

Anrede.
Historischer Verein für Straubing und Umgebung 1898 e. V.

Die großen Segelschiffe. Ihre Entwicklung und Zukunft.
W. Laas

Münchner Bote. Ausgabe vom 10. April 1859

Bedingungen zur Überfahrt von Bremen nach den Vereinigten Staaten von Nord-Amerika.
Carl Pokrantz & Co.

Das Auswanderer Kochbuch.
Bettina Meister

Zur raschen Erledigung etwaiger Beschwerden behülflich.
Iris Schmidt

SüdOst-Verlag in der Battenberg Gietl Verlag GmbH Regenstauf,
ISBN 978-3-95587-733-0, Preis: 14,90 €